돌아온 꼬마 니콜라

이 도서의 국립중앙도서관 출판시도서목록(CIP)은 서지정보유통지원시스템 홈페이지(http://seoji.nl.go.kr)와
국가자료공동목록시스템(http://www.nl.go.kr/kolisnet)에서 이용하실 수 있습니다.(CIP제어번호: CIP2006000089)

이다음에 어른이 되면

르네 고시니 글 | 장 자크 상페 그림

문학동네

질베르트 고시니에게

엮은이의 말 추억의 문을 여는 주문, 친구

내가 상페 아저씨를 언제 처음 만났는지는 기억나지 않는다. 그도 그럴 것이 워낙 어릴 때부터 그 분을 알고 지냈기 때문이다. 지금도 아버지와 상페 아저씨의 웃음소리가 귓가에 쟁쟁하다. 상페 아저씨는 꼬마 니콜라와 함께 내 어린 시절의 한 부분을 차지하고 있다.

상페 아저씨는 한 인터뷰에서 이렇게 말했다.

"우리가 처음 만난 건 르네 고시니가 막 뉴욕에 발을 들여 놓았을 때였죠. 우리 둘은 금세 친구가 되었답니다."

친구. 이 한 마디야말로 두 사람이 함께 만들어 갈 세계로 들어가기 위한 주문이다. 꼬마 니콜라의 이야기를 쓰고 그리면서 두 사람은 어린 시절의 추억을 함께 나눴다. 두 작가의 창조적인 재능은 우리가 꼬마 니콜라의 모험을 마치 직접 경험한 것처럼 생생히 느끼게 해 주었다. 아버지와 상페 아저씨는 1959년부터 1965년까지 꼬마 니콜라 이야기를 잡지에 연재했다. 그 이야기의 대부분은 이미 다섯 권의 책으로 나왔다.

아버지는 내게 자신의 어린 시절 이야기를 직접 들려 줄 틈이 없었다. 그리고 1977년 11월 5일, 아버지의 죽음과 함께 내 어린 시절로 통하는 문도 닫혀 버렸다. 니콜라와 조프루아, 클로테르, 부이옹 선생님, 그리고 그 밖의 다른 아이들의 눈도 슬픔으로 흐려졌다. 하지만 종이 위의 그 아이들은 알고 있었다. 창조자는 절대로 죽지 않는다는 것을. 그리고 나 역시 그렇게 믿는다.

아버지가 돌아가신 뒤에도 상페 아저씨는 우리의 진실한 벗으로 남았다. 어머니와 아저씨는 우정으로 맺어진 사이였다. 함께 식사를 할 때면 웃음소리가 끊이지 않았다.

아버지와 상페 아저씨의 꼬마 니콜라 이야기가 모두 세상에 알려진 것은 아니다. 그래서 어머니는 알려지지 않은 이야기들을 출간하여 독자들에게 꼬마 니콜라와 친구들을 다시 만날 기회를 주고 싶어 하셨다. 하지만 그 생각을 구체화할 겨를도 없이 어머니는 세상을 떠나셨다.

어머니가 시작하신 일을 위해 나는 생제르멩데프레의 한 식당에서 상페 아저씨를 만났다. 아버지가 쓰고 아저씨가 그림을 그린 최초의 원고를 보여 드리자 아저씨는 반가움과 놀람이 뒤섞인 눈으로 그 원고를 꼼꼼히 살펴보았다. 그러고는 빙그레 미소를 지었다. 얼마나 멋진 미소였는지! 40여 년의 세월은 조금도 문제가 되지 않았다. 아저씨는 내 계획을 듣고 열광적으로 동참해 주었다. 우리는 함께 니콜라를 학교에 데려다 주기로 했다. 니콜라는 우리 두 사람이 내민 손을 붙잡고 걸어갈 것이다.

길고 긴 방학을 마치고 돌아왔지만 이 귀여운 악동은 조금도 변하지 않았다. 여기 80편의 이야기와 250여 컷의 그림이 니콜라와 친구들의 이야기를 전해 주기 위해 우리를 찾아왔다. 아냥, 알세스트, 뤼퓌스, 외드, 클로테르, 조아생, 맥상……. 이번에는 특히 조프루아가 멋진 활약을 펼친다. 하지만 뭐니뭐니해도 니콜라의 가장 친한 친구는 항상 무언가를 먹고 있는 뚱보 알세스트이다.

나는 어느덧 아들과 딸을 둔 엄마가 되었다. 내 아이들을 보면서 나는 드디어 이 숨겨진 보물을 세상에 내놓을 때가 왔다고 생각했다. 내 아이들에게 할아버지가 어떤 분이었는지 알려 주는 데 이보다 더 아름다운 방법을 생각해 낼 수 있을까?

이런 개인적인 기쁨 말고도, 이 책은 모든 이들에게 소중한 행복을 안겨 줄 것이다. 니콜라 이야기의 가장 큰 힘은 아이와 어른 모두를 끌어당기는 데 있다. 아이들은 니콜라를 보면서 자신을 발견하고, 어른들은 추억에 젖으리라.

안 고시니

차례

초콜릿맛 딸기맛

"엄마, 내일 학교 끝나고 집에 친구들 놀러 오라고 해도 돼요?"

"안 돼, 지난 번에 니 친구들이 거실 유리창을 두 개나 해먹었잖니. 게다가 방에 페인트칠까지 새로 해야 했고."

나는 기분이 나빴다. 정말이지, 이게 뭐냔 말이다. 집에 친구들을 데려와서 신나게 놀고 싶은데, 친구들을 내 마음대로 부를 수도 없다니. 늘 이런 식이다. 내가 좀 재미있게 놀려고 하면 꼭 못 하게 한다. 그래서 나는 이렇게 말했다.

"친구들을 못 부르게 하면 나 숨 안 쉴 거예요."

이건 내가 뭘 해 달라고 조를 때 가끔 써먹는 방법이다. 하지만 이 방법이 어렸을 때만큼 잘 통하지는 않는다. 조금 있으니까 아빠가 왔다.

"니콜라! 너 또 무슨 연극을 하고 있는 거야?"

나는 다시 숨을 쉬고 나서, 만약 친구들을 부르지 못하게 하면 집을 나가겠다고, 그러면 모두 엄청 후회하게 될 거라고 했다. 그러자 아빠가 말했다.

"알았다. 친구들을 불러도 좋아, 니콜라. 하지만 경고하는데, 집 안에 있는 작은 물건 하나라도 망가뜨리는 날에는 벌 받을 줄 알아. 대신 얌전히 잘 놀면 아빠가 아이스크림을 사 주지. 어때?"

"초콜릿맛 딸기맛 아이스크림이요?"

내가 물었다.

"그럼."

아빠가 대답했다.

"네, 좋아요."

내가 외쳤다. 엄마는 기분이 무척 안 좋은 것 같았지만 아빠는 이제 나도 다 컸다고, 내가 스스로 책임지는 법쯤은 알 거라고 말했다. 그러자 엄마도 좋다고, 엄마가 아빠와 미리 상의했어야 했던 거니까 할 수 없다고 했다. 나는 아빠 엄마에게 뽀뽀를 했다. 우리 아빠 엄마는 참 좋은 분들이다.

내 친구들이 모두 왔다. 내 친구들은 부르기만 하면 늘 달려온다. 그 애들 엄마 아빠가 못 가게 할 때만 빼고 말이다. 하지만 그런 일은 자주 없다. 엄마 아빠들은 우리가 남의 집에 가서 노는 걸 좋아하기 때문이다.

알세스트, 조프루아, 뤼퓌스, 외드, 맥상, 클로테르, 조아생. 나하고 친한 우리 반 애들은 모두 왔다.

"우리, 정원에서 놀자. 집 안에는 들어가면 안 돼. 집에 들어가면 꼭 뭔가를 망가뜨리게 되니까."

내가 말했다. 그래야만 초콜릿맛 딸기맛 아이스크림을 먹을 수 있다는 얘기도 해 주었다.

"좋아, 그럼 우리 숨바꼭질 하자. 너네 집 정원에 나무가 한 그루 있잖아."

조프루아가 말했다.

"안 돼. 우리가 잔디 위를 막 뛰어다니면 아빠가 싫어하실 거야. 우리는 잔디 없는 이 통로에서 놀아야 해."

내가 말했다.

"하지만 여긴 별로 넓지도 않잖아. 여기서 뭘 하고 놀아?"

뤼퓌스가 물었다.

"공놀이 하자. 바짝 붙어서 하면 돼."

맥상이 말했다.

"아! 안 돼. 어떻게 될지 뻔하잖아. 공놀이 하고 장난치고 하다가 쨍그랑! 하고 유리창을 깨먹겠지. 그러면 난 나중에 벌을 받는단 말이야. 초콜릿맛 딸기맛 아이스크림도 못 먹게 되고!"

내가 말했다.

우리는 뭘 하고 놀아야 할지 통 알 수가 없었다. 그러다 좋은 생각이 났다.

"우리 기차 놀이 할까? 서로 허리를 잡고 한 줄로 늘어서고, 맨 앞에 있는 사람이 기관차를 하는 거야! 칙칙폭폭! 나머지 애들은 객차가 되는 거고."

"그럼 기차가 커브를 돌 때는 어떻게 해? 이 통로는 너무 좁아."

조아생이 물었다.

"커브를 안 돌면 되지. 통로 끝까지 가면 그 때는 맨 끝에 있던 사람이 기관차가 되어서 반대 방향으로 다시 출발하는 거야."

친구들은 기차 놀이가 별로 마음에 들지 않는 것 같았다. 하지만 어쨌든 우리 집에 온 거니까 싫으면 자기네 집으로 가는 수밖에. 농담 아니다!

나는 정원에 있는 꽃들을 밟지 않으려고 조심하면서 기관차가 되어 출발했다. 우리는 칙칙폭폭 칙칙폭폭 소리를 냈다. 그런데 세 번 왔다갔다하더니 친구들이 이제 하기 싫다고 했다. 솔직히 기차 놀이가 재미있지는 않았다. 그나마 기관차를 할 때는 괜찮은데, 객차가 되어 따라다니는 건 꽤 지루했다.

"구슬치기는 어때? 구슬로는 뭘 망가뜨릴 수가 없잖아."

외드가 말했다. 정말 좋은 생각이었다. 우리는 모두 호주머니에 구슬을 가지고 있었기 때문에 곧바로 구슬치기를 시작했다. 그런데 알세스트의 호주머니는 버터 바른 빵을 넣어 둔 탓에 버터투성이였다.

모든 게 착착 잘 되어 갔다. 조프루아가 잔디 위에 앉는 바람에 나랑 싸울 뻔한 일만 빼고 말이다. 그 때 친구들이 집 안으로 들어가고 싶다고 했다.

"안 돼, 정원에서 놀아야 해."

내가 말했다.

"이제 정원에서 놀기 싫어. 집 안에 들어가고 싶단 말이야!"

맥상이 말했다.

"말도 안 돼. 여기서 놀아야 해!"

내가 말했다.

그 때 엄마가 문을 열고 소리쳤다.

"얘들아, 너희 어떻게 된 거 아니니? 비가 이렇게 쏟아지는데 안 들어오고 뭐 해? 들어와라, 어서!"

우리는 집 안으로 들어갔다. 엄마가 말했다.

"니콜라, 친구들 데리고 네 방으로 올라가라. 그리고 아빠가 아까 했던 말 명심해!"

우리는 모두 내 방으로 올라갔다.

"자, 이제 뭐 하고 놀지?"

클로테르가 물었다.

"나한테 책이 많은데, 우리 책 읽자."

내가 말하자 조프루아가 물었다.

"야, 너 미쳤냐?"

"그게 아니고요, 아저씨, 우리가 다른 걸 하고 놀면 내가 초콜릿맛 딸기맛 아이스크림을 못 먹게 될 게 뻔하거든요?"

내가 대꾸했다.

그러자 외드가 소리를 질렀다.

"야, 네 그 초콜릿맛 딸기맛 아이스크림 때문에 우리 슬슬 열 받으려고 하거든?"

"잠깐만."

알세스트가 버터 바른 빵을 뜯어 먹으면서 말했다. 알세스트는 빵에 붙어 있던 구슬 하나를 떼어 냈다.

"잠깐만! 초콜릿맛 딸기맛 아이스크림이라면 니콜라가 조심할 만도 해."

"야! 너야말로 조심 좀 할 수 없어? 빵 부스러기가 카펫에 막 떨어지잖아! 엄마가 싫어한단 말이야!"

내가 소리쳤다.

"너 뭐야! 너무 심하잖아! 너 이 빵 다 먹고 나서 한 대 맞을 줄 알아!"

알세스트도 소리를 질렀다.

"맞아!"

외드가 외쳤다.

"야, 넌 좀 빠질 수 없어?"

내가 외드에게 말했다.

"맞아!"

조프루아도 외쳤다.

이제 어떻게 될지는 뻔했다. 우리는 곧 치고받고 싸울 테고, 알세스트의 버터 바른 빵은 양탄자에 떨어져 버터 얼룩을 남길 테고, 그 다음에는 누가 어떤 물건을 던져서 유리창을 깨뜨리든지 벽에 자국을 남길 거다. 그러면 엄마가 달려오고 나는 초콜릿맛 딸기맛 아이스크림을 못 먹게 되겠지.

"애들아, 좀 봐 줘! 너네가 바보 같은 짓 안 하고 얌전히 있으면 내가 돈이 생길 때마다 학교 끝나고 초콜릿을 사서 너네랑 나눠 먹을게."

내가 말했다. 친구들은 다 좋은 녀석들이라서 그러겠다고 했다.

우리는 바닥에 앉아서 그림책을 보았다.

"아싸! 비 그쳤다! 이제 집에 갈 수 있어!"

갑자기 맥상이 외쳤다.

그러자 모두 일어나면서 소리쳤다.

"안녕, 니콜라!"

나는 친구들을 배웅하러 문 앞까지 나갔다. 나는 친구들이 잔디를 안 밟고 통로로 잘 걸어가는지 살펴보았다. 모든 일이 잘 끝났다. 친구들은 아무것도 밟지 않았다. 그래서 나는 기분이 좋았다.

기분이 너무 좋아서 나는 부엌으로 달려갔다. 엄마에게 친구들이 갔다고 얘기하려고 말이다. 그런데 내가 깜박 잊고 현관문을 닫지 않아서 바람이 세게 들이쳤다. 그 바람에 부엌 문이 쾅 닫히면서 쨍그랑! 소리가 났다.

부엌 문 유리창이 깨진 거였다.

"여보, 오늘 부엌에 페인트칠 새로 하기로 한 거 잊지 않았지?"

엄마가 아빠에게 말했다.

"와, 신난다! 나도 도와줄게요!"

내가 말했다. 아빠는 기분이 별로 안 좋아 보였다. 아빠는 엄마를 한 번 쳐다보고 다시 나를 쳐다보더니 이렇게 말했다.

"이런, 오늘 오후에 니콜라를 극장에 데려가야겠다고 생각하던 참인데. 카우보이 영화랑 짧은 만화영화 몇 편을 상영하더라고."

나는 부엌에 페인트칠 하는 게 더 좋을 것 같다고 했다. 그러자 엄마는 나에게 뽀뽀를 해 주고 내가 엄마의 귀염둥이라고 했다. 아빠는 나를 아주 기특해하면서 말했다.

"브라보! 아빠가 이 일은 꼭 기억해 둘 거야, 니콜라."

아빠는 지하실에 페인트랑 붓이랑 롤러를 찾으러 내려갔다. 그리고 그것들을 엄마와 내가 기다리고 있는 부엌으로 가져왔다.

"그런데 말이야, 우리 집에는 사다리가 없잖아. 천장을 칠하려면 사다리가 있어야 하는데……. 내가 이번 주 안에 사다리를 사 올게. 그러니까 이놈의 페인트칠은 다음 일요일에 하자고."

아빠가 말했다.

"내가 블레뒤르 아저씨네 집에 가서 사다리를 빌려 올게요."

내가 말했다. 엄마는 나에게 또 뽀뽀를 했고, 아빠는 페인트 통 뚜껑을 열면서 내가 알아들을 수 없을 만큼 작은 소리로 뭐라고 계속 중얼거렸다. 블레뒤르 아저씨는 우리 이웃인데, 아주 친절하다. 아저씨는 아빠랑 티격태격하기를 좋아하고, 아빠랑 둘이서 서로 늘 화난 척하면서도(지난 겨울 내내 서로 말도 안 하고 지냈을 때처럼) 엄청 재미있게 잘 논다.

나는 아저씨네 집 초인종을 눌렀다. 아저씨가 문을 열어 주었다.

"니콜라로구나. 니콜라가 웬일일까?"

"아빠가 페인트를 칠해야 하는 데 사다리가 필요해서요. 사다리 좀 빌려 주세요."

"아빠한테 가서 말하렴. 사다리가 필요하면 가서 하나 사라고 말이야."

그래서 내가 아저씨에게 설명해 주었다. 아빠는 이번 주에 사다리를 사서 부엌을 칠하려고 했지만 엄마가 오늘 당장 하고 싶어 해서 내가 온 거라고 말이다. 아저씨는 껄껄 웃더니 이렇게 말했다.

"니콜라, 너 아주 귀여운 녀석이로구나. 아빠한테 가서 아저씨가 금방 사다리를 가져올 거라고 전해라."

아저씨는 진짜 멋지다!

집에 가서 아빠한테 아저씨가 사다리를 가지고 올 거라고 했더니, 아빠는 눈동자를 움직이지도 않고 이상한 표정으로 나를 쳐다봤다. 그러고는 재빨리 페인트를 섞기 시작했다. 아빠 바지에 페인트가 튀었지만 아빠는 구멍 난 낡은 바지를 입고 있어서 괜찮았다.

"이것 보게, 이것 봐. 내가 아니었더라면 나중으로 미뤘을 일을, 내 덕분에 오늘 할 수 있게 되었구먼!"

아저씨가 사다리를 가지고 들어오면서 말했다.

"아무렴. 고마워서 눈물이 날 지경이네, 블레뒤르."

아빠도 한 마디 했다. 나는 사다리에 너무 올라가 보고 싶어서 아빠에게 도와줘도 되냐고 물었다. 하지만 아빠는 나보고 가만히 있으라고, 나중에 보자고 하면서 혼자서만 사다리에 올라갔다.

아빠는 사다리 꼭대기에 올라가서 뒤를 돌아보았다. 블레뒤르 아저씨가 의자에 앉아 있었다.

"블레뒤르, 고맙네. 잘 가게."

아빠가 말했다.

"아냐. 나는 여기 있겠네. 내 사다리 좀 구경하고 싶어서 말이야. 우리 집 사다리가 오늘처럼 우스꽝스러워 보인 적이 없거든."

블레뒤르 아저씨가 말했다. 나는 사다리가 왜 그렇게 우스꽝스럽다는 건지 이해가 안 됐다. 아빠는 천장에다 페인트를 묻힌 롤러를 문지르기 시작했다. 아빠 얼굴에 페인트가 방울방울 떨어졌다. 블레뒤르 아저씨는 엄청 재미있어하며 웃고 있었다. 사다리가 그렇게 웃긴가? 아빠도 나만큼 이상했던 모양인지 페인트칠을 멈추고 아저씨에게 물었다.

"왜 자꾸 바보같이 웃는 거야, 블레뒤르?"

"거울을 좀 보라구. 자네 꼭 인디언 같아! '초라한 황소' 추장님의 전투 장면 같다고나 할까?"

아저씨는 이렇게 말하고 "하! 하! 하!" 하고 웃었다. 자기 허벅지를 때려 가면서 어찌나 웃어 대는지 나중에는 얼굴이 시뻘게지면서 마구 기침을 했다. 아저씨는 참 쾌활하다.

"바보 같은 소리 집어치우고 좀 도와주지 그래?"

아빠가 말했다.

"무슨 소리? 이게 자네 집 부엌이지 내 집 부엌인가?"

아저씨가 대꾸했다. 그래서 내가 물었다.

"있잖아요, 그럼 우리 집 부엌이니까 내가 도와주면 안 될까요?"

그러자 아빠가 말했다.

"너 오늘 아빠 열 받게 하려고 아주 날을 잡았구나."

나는 울음을 터뜨렸다. 나는 도와주는 것도 내 마음대로 할 수 없는 거냐고, 이건 정말 불공평하다고, 내가 없었으면 아무도 부엌에 페인트칠을 못 했을 거라고 했다.

"너 볼기짝 맞고 싶어?"

아빠가 말했다.

그러자 아저씨가 말했다.

"교육 방식 한번 훌륭하네."

하지만 나는 그 말에 찬성할 수 없었다. 나는 더 큰 소리로 울기 시작했다. 아빠는 아저씨의 볼기짝도 때려 주겠다고 고함을 쳤다. 나는 그 말이 너무 우스웠다.

엄마가 부엌으로 뛰어들어왔다.

"무슨 일이야?"

"내가 아빠를 도와주고 싶은데 아빠가 못 하게 해요."

"이 집안의 레오나르도 다 빈치께서 심기가 불편하신가 봅니다. 원래 위대한 예술가들은 종잡을 수가 없지요."

아저씨가 말했다. 나는 블레뒤르 아저씨가 무슨 말을 하는지 도무지 알아들을 수 없었다. 나는 엄마에게 아빠를 도와줘도 되냐고 물었다. 엄마는 아빠와 아저씨를 쳐다보고는 말했다.

"아무렴, 되고말고, 우리 아들. 아빠가 떨어지지 않게 사다리를 붙잡고 있으렴. 그리고 아빠랑 아저씨가 또 재미있게 놀려고 하거든 엄마를 불러 주겠

니? 엄마도 같이 웃고 싶구나."

나는 엄마에게 그러겠다고 약속했다. 엄마는 다시 밖으로 나갔다.

나는 사다리를 잘 붙잡고 있었다. 천장 페인트칠은 쓱쓱 잘 되어 갔다. 엄마가 고른 노란색 페인트로 천장이 근사해졌다.

"이야! 참 멋지군. 자네 집에 부엌이 하나밖에 없는 게 정말 유감스러워."

아저씨가 말했다.

"또 신경을 박박 긁는군! 못된 심보하고는! 내가 다음엔 뭘 칠할지쯤은 처음부터 잘 알고 있었겠지? 롤러로 자네 얼굴을 확 밀어 버릴 차례라는 거 말이야!"

아빠가 말했다.

"어디 한번 해 보시지. 나도 좀 보고 싶구먼."

아저씨가 대꾸했다. 나도 그게 엄청 보고 싶었지만 아빠하고 아저씨가 또 말썽을 부리기 시작하면 엄마에게 알려 주기로 아까 약속했기 때문에 사다리를 놓고 엄마를 찾으러 갔다. 아빠는 이미 내려왔기 때문에 내가 사다리를 놔도 문제 될 게 없었다. 나는 나가면서 아빠와 아저씨에게 소리쳤다.

"잠깐만 기다리세요! 금방 올게요!"

나는 현관에 있는 엄마를 발견했다. 엄마는 방금 우리 집에 온 블레뒤르 아줌마와 같이 있었다. 내가 뭐라고 설명할 필요가 전혀 없었다. 부엌에서 와

장창 소리가 났으니까 말이다. 우리는 부엌으로 달려갔지만 한 발 늦었다. 블레뒤르 아저씨의 얼굴과 셔츠 위로 노란 페인트 묻은 롤러가 이미 지나간 뒤였으니까.

엄마는 기분이 아주 안 좋은 것 같았다. 하지만 아줌마는 아저씨를 쳐다보더니 우리 엄마한테 물었다.

"어머, 이 페인트 색깔 이름이 뭐예요?"

"자몽색이에요."

엄마가 말했다.

"참 싱그럽네요, 아주 상큼한 느낌이에요."

아줌마가 말했다.

"햇볕을 받아도 바래지 않는 색이죠."

엄마가 말했다.

아줌마는 다음 주 일요일에 블레뒤르 아저씨를 시켜서 부엌을 새로 칠하기로 했다. 아빠하고 내가 아저씨를 도우러 가겠다고 약속했다.

외식을 했어요

"오늘 저녁엔 외식을 하자!"

아빠가 퇴근해 집에 들어오면서 말했다. 아빠는 아주 기분이 좋아 보였다. 아빠는 엄마에게 뽀뽀를 하면서 사장님이 월급을 올려 줬다고 했다. 아빠는 나를 번쩍 안아 올리면서 볼에 엄청 세게 뽀뽀를 했다. 아빠가 말했다.

"어이구! 우리 아들 다 컸구나! 이것 봐라!"

아빠는 진짜로 기분이 좋아 보였다.

나도 기분이 참 좋았다. 외식을 좋아하지만 자주 하지는 못하기 때문이다. 그리고 아빠네 사장님이 월급을 계속 올려 주면 나중에 내가 갖고 싶어 하는 비행기를 아빠가 사 줄 수도 있을 테니까 말이다.

엄마랑 나는 얼른 외출 준비를 하고 집을 나섰다. 아빠는 차를 몰고 가면서 노래를 흥얼거렸다. 엄마는 아빠가 자랑스럽다고 했다. 하지만 솔직히 말하면 아빠의 노래 실력이 자랑스러울 정도는 아니다. 그래도 우리는 아빠를 무지 좋아한다.

우리는 아주 근사한 식당에 들어갔다. 검은 옷을 차려입은 종업원이 우리에게 자리를 안내해 주었다. 종업원은 메뉴판 세 개를 가져다 주고 내 의자에 올려놓을 방석도 가져왔다. 아빠는 나에게 메뉴판 하나를 내밀면서 나도 이제 다 컸으니까 직접 음식을 고르라고 했다. 엄마가 집에서는 쉽게 만들 수 없는 요리를 먹어 보겠다고 하자 아빠는 돈 걱정은 하지 말라고 했다.

종업원이 작은 수첩을 가지고 와서 뭘 먹을 건지 물었다.

"어떤 걸로 드시겠습니까?"

"딸기 아이스크림 주세요."

내가 말했다. 종업원이 수첩에 주문을 적었다. 아빠는 웃으면서 그런 주문은 적을 필요 없다고, 애한테 당연히 다른 걸 먹여야 되지 않겠느냐고 했다. 그러자 종업원은 손님이 어떤 음식을 먹든 자기는 관여할 권리가 없다고, 그리고 어차피 자기와는 상관 없는 일이라고 했다. 나는 아빠에게 나도 다 큰 남자로서 아빠 말대로 내가 직접 고른 딸기 아이스크림을 먹겠다고 했다. 아빠는 눈을 부릅뜨면서 시금치를 곁들인 돼지갈비를 먹는 게 좋겠다고 했다.

내가 시금치는 먹기 싫다고 했더니, 아빠는 내가 아직 어린 애일 뿐이라고, 아빠가 먹으라면 먹어야 한다고 했다. 엄마는 종업원에게 '금빛 막대들의 크나큰 기쁨'이라는 요리가 어떤 거냐고 물어보았다. 엄마는 그 요리가 고작 감자튀김을 곁들인 스테이크라는 걸 알고는 다른 요리를 먹겠다고 했다. 종업원은 우리 가족이 메뉴를 다 정하면 다시 오겠다고, 자기에겐 다른 할 일도 있다고 말하고는 저만치 물러났다.

아빠는 엄마에게 종업원이 아주 불친절한 것 같지만 어쨌든 우리가 메뉴는 정했어야 했다고 말했다. 나는 시금치는 싫다고, 시금치를 먹느니 차라리 집을 나가겠다고, 일단 내가 집을 나가면 모두 엄청 후회할 거라고 했다. 그러면서 나는 울음을 터뜨렸다. 그랬더니 엄마가 그럼 먹고 싶은 대로 고르라고 했다. 결국 엄마는 '새콤한 소스를 친 신선한 채소'와 '벨벳 위의 꿩'을, 나는 마요네즈를 뿌린 삶은 달걀과 소시지, 감자튀김을 먹기로 했다. 그리고 아빠는 주방장 특선 고기 파이와 순대를 먹기로 했다. 아빠는 종업원을 불렀고, 종업원은 아빠가 말하는 대로 수첩에 적었다. 종업원은 여러 번 잘못 적어서 수첩을 여러 장 버려야 했다. 종업원이 주문을 다 받아 적었을 때, 내가 감자튀김 대신 슈크루트를 먹어도 되느냐고 물었더니, 종업원은 기분이 아주 나쁜 것 같았다.

음식이 나오기를 기다리는 동안에 나는 다른 사람들을 둘러보았다. 어떤

뚱뚱한 아저씨가 음식을 먹고 있었는데, 엄청 맛있어 보였다.

"아빠, 저 아저씨는 뭘 먹고 있는 거예요?"

내가 아빠에게 물었더니 아빠는 사람을 손가락으로 가리키는 건 실례라면서 뒤를 돌아보았다. 그러자 엄마가 "아니, 그 사람 말고 저기 저 사람 말이야!"라고 하면서 손가락으로 내가 말한 아저씨를 가리켰다. 아빠가 그 아저씨를 쳐다보자 아저씨는 화가 난 듯 이렇게 외쳤다.

"나는 안초비를 먹고 있소이다! 왜요! 조용히 좀 식사합시다! 도대체 뭣들 하는 겁니까?"

아빠는 그런 말을 들을 정도로 뚫어지게 쳐다본 것도 아닌데 뭘 그러느냐고, 안초비보다는 신경안정제를 먹어야 할 것 같다고 말했다. 나는 신경안정제가 뭐냐고, 맛있는 거냐고 물었다. 아저씨는 나를 쳐다보고 고개를 절레절레 흔들더니 다시 안초비를 먹기 시작했다. 엄마는 아빠하고 나에게 가만히 좀 있으라고 했다. 나도 안초비가 먹고 싶어졌다.

종업원이 전채 요리를 가지고 나오자 엄마는 무척 실망했다. '새콤한 소스를 친 신선한 채소'라는 게 고작 토마토 샐러드였다. 내가 안초비가 먹고 싶다고 하자 아빠가 종업원에게 마요네즈를 친 삶은 달걀을 안초비로 바꿔 줄 수 있느냐고 물었다. 종업원은 그렇게 하겠다고 했다! 나는 그게 정말 환상적이라고 생각했고, 도대체 종업원이 어떤 마술을 부려 삶은 달걀을 안초비로 바꾸는지 보고 싶었다. 하지만 종업원은 주방에서 요리를 바꿔 왔기 때문에 아쉽게도 볼 수는 없었다.

종업원이 안초비를 가져오자 나는 종업원에게 혹시 모자에서 작은 토끼가 나오게 하는 법도 아느냐고 물어보았다. 주방장 특선 고기 파이를 뒤적거리던 아빠가 내 말에 고개를 들었다. 그러고는 종업원에게 토끼고기가 있느냐고 물었다. 종업원은 아빠의 말을 듣고 무척 놀란 듯했다. 하지만 곧 있다고 대답했다. 그러자 아빠는 순대를 토끼고기로 바꿔 달라고 했다. 나는 종업원에게 안초비처럼 주방에서 바꿔 오지 말고 우리 앞에서 모자에서 토끼를 꺼내는 걸 보여달라고 했다. 엄마는 나에게 음식을 입에 물고 말하는 거 아니라고 했다.

종업원이 다시 요리를 들고 왔다. 엄청 짜증이 난 것 같았다. 엄마는 기분이 안 좋아서 '벨벳 위의 꿩' 이라는 게 겨우 퓌레를 곁들인 닭고기냐고 따졌다. 그러고 나서 아빠는 슈크루트는 주문한 적이 없다고, 단지 순대를 토끼고기로 바꿔 달라고 했을 뿐이라고, 아이가 감자튀김 대신 슈크루트를 먹겠다고 했다지만 어쨌든 아빠는 아이에게 감자튀김을 갖다 달라고 하지 않았느냐고 따졌다. 아빠는 절대로 마음을 바꾸는 사람이 아니라면서, 기억력이 부족한 사람은 식당에서 종업원 일을 하면 안 된다고 했다.

"됐습니다!"

종업원이 소리를 질렀다. 종업원은 아빠가 도대체 뭘 원하는지 모르겠다고, 엄마는 요리를 주문해 놓고는 계속 뭔가 희한한 게 나오기를 기대한다고, 그리고 나는 참아 주기 힘든 꼬마라고, 우리 식구는 다른 손님들하고 싸울 생각만 한다고 했다.

"기어코 끝장을 보겠다 이거군! 여기 사장 불러 주시오!"

아빠가 종업원에게 말했다.

종업원은 "그러지요!" 하더니 "아버지!" 하고 외쳤다. 이 말에 우리 아빠는 흠칫 놀란 것 같았다.

사장이 와서 무슨 일이냐고 물었다. 아빠는 종업원의 태도에 대해 할 말이 있다고 했다.

"그래요? 제 아들이 무슨 잘못을 저질렀습니까?"

"여러 가지가 있지만 그 중에서도 특히 기억력이 엉망이오! 댁의 자제분 말입니다!"

아빠가 말했다.

"그리고 꿩이라더니 닭고기가 나왔어요."

엄마도 한 마디 거들었다.

"그리고요, 달걀을 안초비로 바꾸려고 주방에 갔어요! 모자에서 토끼를 꺼내는 것도 주방에서 했고요! 그건 속임수예요!"

내가 말했다.

"그리고 주방장 특선 고기 파이랍시고 나온 요리는 도대체 속에 무슨 지저분한 걸 처넣은 건지 모르겠더군요!"

아빠가 말했다. 그러자 사장이 말했다.

"그걸 아는 거야 어려운 일이 아니지요. 주방장은 내 친동생이니까요. 내 동생은 권투를 그만두고 우리 식당에서 요리사로 일하고 있지요."

"그런 식으로 말하다니, 계산서나 주시오! 이 이상한 식당에는 일 분 일 초도 더 있고 싶지 않아요!"

아빠가 외쳤다.

Menu

종업원은 계산서를 가져오면서 아빠에게 말했다.

“남의 기억력에 대해 이러쿵저러쿵 말씀이 많으신 걸 보니 기억력이 아주 좋으신가 보지요? 혹시나 선생님이 지갑을 잊어버리고 안 가져오신 건 아닌지 모르겠군요.”

그러자 아빠는 웃으면서 보란 듯이 윗옷에서 지갑을 꺼냈다. 하지만 지갑을 여는 순간 아빠의 얼굴에서는 웃음이 싹 사라졌다. 지갑에 돈을 넣어 오는 걸 깜빡했던 것이다.

일요일에는 비가 왔다. 우리는 집에 있었다. 엄마는 간식으로 먹을 사과 파이를 만들고, 나는 아빠하고 체커 놀이를 하고 있었다. 나는 세 번이나 이겼다. 아싸, 아싸, 아싸!

조금 있으니까 누가 우리 집 초인종을 눌렀다. 아빠가 문을 열러 나갔다. 마틸드 이모와 카시미르 이모부, 내 사촌 엘루아가 찾아온 거였다.

"깜짝 놀랐지!"

마틸드 이모가 외쳤다.

"날씨가 우중충해서 다 집에 있을 거라고 생각했지. 차라도 한잔 같이 할까 해서 온 거예요. 그렇지, 여보?"

"맞아요."

카시미르 이모부가 대답했다. 아빠는 입을 헤벌린 채 가만히 있었다. 엄마는 부엌에서 뛰어나오면서 이게 누구냐고, 생각 참 잘했다고, 정말 반갑다고 했다. 그러고는 손님 맞을 옷차림이 아니라 미안하다고 했다.

"초대해서 온 게 아니잖아, 깜짝 방문인걸 뭐! 우리가 방해가 된 건 아닌가 몰라. 이이는 항상 가족끼리는 특히 더 예의를 잘 지켜야 한다고 말하거든. 어머, 니콜라! 몰라보게 컸구나! 이리 와서 이모한테 뽀뽀해 주렴!"

나는 이모에게 뽀뽀를 했고 이모도 나에게 뽀뽀를 했다. 나는 이모부에게도 뽀뽀를 하고 엘루아에게는 "안녕." 하고 인사를 했다. 엘루아는 나보다 조금 더 큰데, 나를 열 받게 할 때가 많다.

"같이 간식 먹어요."

엄마가 말했다.

"집에 있는 것 가지고 대충 먹자, 언니. 우리는 아무거나 괜찮으니까. 애한테는 코코아나 한 컵 주고, 우리 남편은 커피 한 잔, 그리고 난 레몬차나 줘. 그리고 남자들끼리 수다나 떨라고 하고, 우리는 부엌에서 얘기나 하지 뭐. 어머, 그런데 언니 얼굴이 왜 이렇게 좋아졌어? 살이 좀 찌니까 보기 좋은데? 하지만 너무 찌지 않게 조심해야 해."

마틸드 이모는 이렇게 말하면서 엄마와 함께 부엌으로 들어갔다.

"앉게, 카시미르."

아빠가 말했다.

"고맙습니다."

이모부가 말했다.

"하는 일은 잘 돼 가나?"

"그저 그렇죠, 뭐."

이모부가 대꾸했다. 아빠는 한숨을 쉬더니 카시미르 이모부에게 말했다.

"뭐, 잘 되겠지."

"그럼 나는 뭐 해요?"

엘루아가 물었다.

"너는 니콜라 방에 올라가서 장난감을 가지고 놀려무나."

아빠가 말했다. 그러자 엘루아가 대꾸했다.

"니콜라 방에는 올라가기 싫어요! 난 여기서 놀고 싶다고요!"

"그럼 너 체커 놀이 할 줄 알아?"

내가 물었다.

"아니! 그건 계집애들이나 하는 놀이잖아!"

엘루아가 말했다.

"천만의 말씀! 체커 놀이가 얼마나 재미있다고! 분명히 내가 이길걸!"

그러자 엘루아가 말했다.

"쳇! 우리는 학교에서 벌써 나눗셈 배워!"

"그게 뭐? 우리 학교에서는 나눗셈 배운 지 벌써 한참 됐어. 우리는 소수점도 배웠어!"

나도 지지 않았다.

"아, 그래? 그럼 너 이거 할 줄 알아?"

엘루아는 이렇게 말하고 카펫 위에서 재주넘기를 했다. 하지만 녀석의 발이 작은 탁자에 부딪히면서 재떨이가 아빠의 실내화 위로 떨어졌다.

"아이고!"

아빠가 비명을 질렀다. 마틸드 이모가 부엌에서 뛰어나와서 물었다.

"엘루아, 네가 그랬니?"

"그래, 얘가 그랬어."

아빠가 말했다.

"조심하렴, 엘루아. 안 그러면 아빠한테 혼내 주라고 할 거야!"

이모가 말했다.

조금 있다 엄마가 커다란 쟁반을 들고 나와서 말했다.

"자, 이제 먹자. 간식 준비 다 됐다!"

안타까운 건, 사과 파이가 너무 작다는 거였다. 아빠가 파이를 여섯 등분했더니 양이 너무 적었다.

"나는 안 먹을래."

엄마가 말했다.

그러자 마틸드 이모가 말했다.

"어머, 아주 맛있어 보이는데. 혹시 이거 먹으면 살찔까 봐 그러는 거야?"

우리는 각자 자기 몫의 파이를 먹었다. 엄마가 파이를 먹지 않아서 한 조각이 남았다.

"나 더 먹을래."

엘루아가 말했다. 이모는 엘루아에게 그렇게 음식을 더 달라고 하는 건 예의가 아니라고 말했다. 하지만 얌전하게 굴면 파이를 더 먹을 수도 있다고 하면서 남은 한 조각을 반으로 잘라서 엘루아와 나에게 나누어 주었다.

간식을 먹고 나서 우리는 다 같이 거실로 갔다. 엄마는 나에게 엘루아를 데리고 방에 올라가서 놀라고 했다. 그러자 엘루아가 소리를 질렀다.

"올라가기 싫다고 아까 말했잖아요! 여기 있을 거예요!"

"애가 성깔이 있어. 우리 이이가 늘 말하지. 어쩌면 이렇게 나를 쏙 빼느냐고, 성격도 대물림이라고!"

마틸드 이모가 말했다. 그러더니 이모는 우리 아빠한테, 기침이 나니까 담배 좀 그만 피우면 안 되겠냐고 했다.

"우리 뭐 하고 놀아?"

엘루아가 나한테 물었다.

"카드를 가지고 놀까? 바타유 놀이는 어때?"

내가 말했다.

"아, 더 좋은 생각이 났어! 우리 술래잡기 하자. 네가 술래니까 뒤돌아 서 있어!"

엘루아는 이렇게 말하고 막 달려가서는 소파 위로 뛰어올라갔다.

"어머, 소파!"

엄마가 비명을 질렀다.

"애들 때문에 정말 못 살겠네! 너희 좀 조용히 놀 수 없어?"

마틸드 이모도 고함을 쳤다.

"그럼 뭐 하고 놀아요? 뭐 하고 노냐고요?"

엘루아가 물었다.

"적어도 가구 위에 올라갈 때는 신발은 벗어야 하잖아. 안 그러니, 우리 아들? 그리고 조심 좀 해. 그러다 또 뭐라도 엎겠다!"

이모가 말했다. 바로 그 때 퍽! 소리가 났다. 엘루아가 장난을 치다가 빨간 전등갓을 씌운 스탠드를 넘어뜨린 거였다.

"거 봐! 엄마 말이 맞지?"

마틸드 이모가 말했다.

아빠는 전등갓이 뒤집혀 버린 스탠드를 세우면서 나에게 책을 몇 권 가져와서 엘루아와 함께 읽으라고 했다. 그래서 나는 내 방에 올라갔다. 다시 거실에 내려와 보니, 마틸드 이모는 엄마를 붙잡고 살이 막 찌기 시작할 때 어떻게 해야 하는지에 대해서 일장연설을 늘어놓고 있었고, 아빠는 카시미르 이모부 앞에 앉아서 "그래, 음, 그래." 소리만 하고 있고, 엘루아는 물구나무를 선 채 "엄마! 나 좀 보세요! 엄마! 나 좀 봐요!"라고 소리를 지르며 돌아다니고 있었다.

나는 엘루아에게 내 책들을 보여주었다. 하지만 엘루아는 별로 마음에 안 든다고 했다. 인디언이 나오는 근사한 책도 하나 있었는데 말이다.

"나는 비행기가 나오는 책이 좋아!"

엘루아는 이렇게 말하고는 양팔을 벌리고 입으로 부르르르릉! 소리를 내면서 거실을 막 뛰어다녔다.

"엘루아는 참 활발하군."

아빠가 말했다.

"그렇죠?"

이모부가 말했다.

"야, 뭐 해? 같이 놀자. 너는 적군이야!"

엘루아는 이렇게 말하고 나를 향해 달려왔다. 그러다 카펫에 발이 걸려서 넘어지고 말았다. 엘루아는 울음을 터뜨렸다.

"비행기는 울지 않지."

아빠가 말했다. 이모가 눈을 크게 뜨고 우리 아빠를 쳐다봤다. 이모는 엘루아를 무릎에 안아 올리고는 어루만져 주고 뽀뽀를 했다. 그러고는 이제 너무 늦었다고, 내일 학교도 가야 하니까 모두 그만 일어나는 게 좋겠다고 했다. 마틸드 이모, 카시미르 이모부, 엘루아는 외투를 입었다. 이모가 참 즐거운 시간이었다고, 우리 가족도 언제 한번 깜짝 방문을 해 달라고 말했다. 그리고 이모네 식구들은 떠났다.

엄마는 한숨을 푹 내쉬고는 이제 저녁 식사를 준비해야겠다고 했다.

"무슨 소리! 당장 옷 갈아입어. 나는 면도를 좀 해야겠어."

아빠가 말했다.

"외식이라도 하게?"

엄마가 물었다.

"깜짝 방문을 하는 거야!"

아빠가 말했다.

아빠는 우리를 데리고 마틸드 이모네 집으로 저녁을 먹으러 갔다.

동물원

오늘 오후에 아빠는 나와 알세스트를 동물원에 데려갔다. 알세스트와 나는 무지 기분이 좋았다. 일이 어떻게 된 거냐면, 우리가 정원에서 놀고 있는데 아빠가 퇴근해서는 오늘 하루 귀중한 시간을 내서 우리를 동물원에 데려가 동물들을 보여주겠다고 한 거다. 엄마도 그 자리에 있었다. 아빠는 아이들이 옆에 잘 붙어 다니는지 수시로 확인하는 수고를 아끼지 않겠다고 엄마에게 말했다. 우리 아빠는 정말 멋지다!

알세스트는 빵집에서 케이크를 사다 먹으며 오후를 보내는 게 더 좋기는 하지만 동물원에 가는 것도 나쁘지는 않을 것 같다고 했다.

우리 셋이 동물원에 도착해 보니, 사람들이 엄청나게 많았다. 아빠는 우리에게 길을 잃지 않도록 조심하라고 했다. 매표소에서는 가벼운 실랑이가 있었다. 알세스트가 우리 아빠한테 어른 요금을 내 달라고 졸라 댔기 때문이다. 하지만 아빠는 알세스트에게 입 다물고 가만히 있으라고 했다. 그래서 내가, 우리 어린이들은 군인하고 똑같은 요금을 낸다고, 그건 사람들이 우리를 군인처럼 봐 준다는 뜻이라고 말하면서 알세스트를 위로해 주었다. 알세스트는 내 말에 기분이 좋아져서 "하나! 둘! 왼발! 오른발!" 하고 구령을 붙이면서 동물원 안으로 들어갔다. 알세스트는 우리 아빠한테도 함께 발을 굴러 박자를 맞춰 달라고 했다.

우리는 곧장 원숭이 우리로 갔다. 원숭이는 아주 재미있었다. 원숭이들은 여러 가지 우스꽝스러운 짓을 많이 했는데 우리가 아는 사람들하고 많이 닮은 것 같았다. 사람이 너무 많았다. 아빠는 우리가 원숭이를 잘 볼 수 있게 번쩍 안아 올려 주었다. 사실 아빠는 나만 그렇게 해 주었다. 알세스트도 안아 올리려고 했지만 그럴 수가 없었다.

우리는 다른 것도 보고 싶었는데 아빠는 원숭이를 재미있어했다. 알세스트는 사람들이 원숭이에게 먹을 것을 던져 주는 걸 보고, 자기도 하고 싶다고 했다. 그래서 아빠는 알세스트에게 비스킷을 사다 주면서 원숭이에게 줘 보라고 했다. 하지만 알세스트는 그렇게 하지 않았다. 아빠가 왜 먹이를 안 주냐고 물었더니, 알세스트는 가만히 생각해 보니까 알지도 못하는 원숭이한테 비스킷을 주느니 자기가 먹는 게 나을 것 같아서 그런다고 했다.

그 다음에 우리는 사자를 구경하러 갔다. 사자는 가만히 누워서 하품만 하고 있어서 그렇게 재미있지는 않았다. 그렇게 누워서 하품만 하는 건 나도 얼마든지 할 수 있다. 알세스트도 사자를 안 좋아했다. 우리 안에 고기가 있는데도 사자들이 먹지 않았기 때문이다. 알세스트는 고기가 아깝다고 했다. 아빠는 우리에게 사자에 대해 이것저것 많이 설명해 주고 싶어 했다. 하지만 우리는 아빠 손을 잡아끌면서 다른 데로 가자고 했다.

우리는 희한한 동물을 보았다. 그 동물 이름은 라마라고 했다. 아빠가 우

리에 붙어 있는 작은 팻말을 보고 나서 설명해 주었다. 아빠는 그 팻말에, 라마는 화가 나면 사람들에게 침을 뱉는다고 씌어 있다고 했다. 알세스트와 나는 라마를 보고 얼굴을 막 찡그려 보았다. 그 말은 진짜였다! 라마가 화가 나서 우리 아빠 넥타이에 침을 뱉었으니까 말이다. 아빠는 기분이 안 좋았다. 게다가 관리인 아저씨가 와서 동물을 성가시게 하면 안 된다고 아빠를 나무랐다. 아빠는 관리인 아저씨에게 동물들이 훈련을 잘못 받은 것일 뿐 아빠의 잘못이 아니라고, 이 더러운 동물이 돈 내고 들어온 사람에게 침을 뱉는다고 대꾸했다. 그러자 관리인 아저씨는 자기는 라마를 이해한다고, 동물원을 찾는 손님들 중에는 정말 자기도 침을 뱉어 주고 싶은 사람들이 있다고 받아쳤다. 아빠하고 관리인 아저씨가 목소리를 높이면서 실랑이를 벌이자, 사람들이 무슨 일인가 싶어서 몰려들기 시작했다. 조금 있다 우리와 관리인 아저씨는 각자 갈 길로 갔다.

우리는 계속 걸었다. 그러다 아빠가 코끼리를 발견했다.

"저것 봐라! 마음에 들지?"

아빠는 우리를 코끼리가 있는 곳으로 데려갔다. 아빠는 비스킷 한 상자를 샀지만 이번에는 알세스트에게 주지 않았다. 아빠는 비스킷을 코끼리들한테 주고 싶었던 거다. 그 때 알세스트와 나는 아주 재미있는 걸 발견했다. 코끼리 우리 앞에서 아저씨들이 통로 보수공사를 하고 있었던 거다. 그 아저씨들

은 시멘트와 모래, 물을 섞어서 반죽을 만들어 통로에 바르고 있었다. 우리는 그걸 구경하면서 전에 바닷가에서 모래성을 쌓았던 것처럼 우리도 저 반죽으로 멋진 성을 만들 수 있을 거라고 말했다. 그러면 아주 재미있을 것 같았다.

우리는 다른 데도 구경하고 싶었다. 그래서 고개를 돌려 아빠가 뭘 하고 있는지 보았다. 아빠는 신이 나서 코끼리에게 비스킷을 주고 있었다. 코끼리가 기다란 코로 비스킷을 받아먹을 때마다 아빠는 엄청 좋아했다. 아빠는 우리가 옆에 있는 줄 알고 큰 소리로 마구 떠들었다.

"니콜라, 이 녀석 코 봤지? 네 외삼촌 피에르가 생각나는구나!"

그리고 또 이런 말도 했다.

"알세스트, 너도 그렇게 계속 먹어 대면 저기 저 코끼리처럼 뚱뚱해질지도 몰라, 이 녀석아!"

우리는 그렇게 신나하는 아빠를 방해하고 싶지 않았지만 아빠를 말릴 수밖에 없었다. 다른 사람들이 아빠를 정신 나간 사람 보듯 구경하고 있었기 때문이다.

다음에 우리는 갖가지 동물들을 보았다. 기린도 보았다. 기린이 좋았던 건, 바로 그 옆에 시소가 있었기 때문이다. 알세스트와 나는 시소를 타면서 신나게 놀았다. 그러고 나서 아빠는 우리에게 곰을 구경시켜 주었다. 거기 마침 공을 가진 남자 애가 있어서, 우리는 그 애하고 공놀이를 했다. 내가 슛을

날렸는데, 공이 하이에나 우리 안으로 들어가고 말았다. 일부러 그런 건 아니었다. 나는 공을 찾으러 들어가고 싶지 않았다. 그 애가 울음을 터뜨려서 우리는 얼른 도망을 쳤다. 아빠를 다시 찾은 다음에는 물 속에 있는 바다표범을 보러 갔다. 알세스트는 부스러기를 핥아먹으려고 가지고 있던 비스킷 상자로 종이배를 만들었다. 우리는 물에 종이배를 띄우며 재미있게 놀았다. 하지만 아쉽게도 바다표범들 때문에 물이 너무 출렁거렸다.

낙타를 보러 가서 알세스트는 가지고 있던 돈으로 빨간 풍선 한 개를 샀다. 우리가 풍선을 가지고 노는데 낙타를 구경하던 아빠가 우리를 돌아보았다. 아빠는 기분이 별로 안 좋아 보였다. 아빠는 동물을 안 좋아하면 말을 하지 그랬냐고, 기껏 귀한 시간을 냈는데 동물원에 와서 엉뚱한 짓만 하고 있다고 마구 소리를 질렀다. 알세스트는 너무 놀라서 손에 들고 있던 풍선을 놓쳐 버렸다. 알세스트는 울음을 터뜨렸다. 그러자 엄청 시끄러워졌고 낙타도 마구 울부짖기 시작했다. 아까 그 관리인 아저씨가 와서 아빠를 알아보고는 계속 동물들을 못살게 굴면 쫓아 내겠다고 했다. 아빠는 자기는 세금을 꼬박꼬박 내는 시민이라고 했다. 관리인 아저씨는 그런 건 자기가 알 바 아니라고, 아빠를 원숭이 우리에 집어넣고 싶다고, 거기야말로 아빠에게 딱 맞는 장소라고 했다. 그러자 알세스트는 울음을 그치고 손뼉을 치면서 그것 참 좋은 생각이라고, 아빠가 원숭이들이랑 같이 있으면 엄청 재미있을 거라고, 그러면

자기가 아빠에게 비스킷을 던져 주겠다고 했다. 관리인 아저씨는 어깨를 으쓱하더니 그 자리를 떠났다.

아빠는 우리 손을 붙잡고 막 야단을 쳤다. 아빠는 우리보고 좀 얌전히 있으라고, 동물들을 관심 있게 보라고 말했다. 우리는 동물원 출구 쪽으로 가다가 아이들이 잔뜩 타고 있는 꼬마 기차를 보았다. 동물원을 한 바퀴 도는 기차였다. 아빠는 우리에게 꼬마 기차를 타고 한 바퀴 돌고 싶냐고 물었다. 그리고 우리가 겁내지 않도록 아빠도 함께 타겠다고 했다. 우리는 아빠가 화를 낼까 봐 그러자고 했다. 그런데 표 파는 아저씨가 아빠에게 어른은 꼬마 기차에 탈 수 없다고 했다. 아빠는 우리를 위해서 아빠가 타야만 한다고, 우리가 우리끼리만 타고 싶지 않아 해서 어쩔 수가 없다고 설명했다.

아빠는 첫 번째 칸 맨 앞줄에 자리를 잡았다. 자세가 좀 우스꽝스러웠다. 아빠의 몸집이 너무 커서 몸을 있는 대로 구부리다 보니 무릎이 거의 턱에 닿을 것 같았다. 우리는 아빠 뒤에 나란히 앉았다. 꼬마 기차가 막 출발하려는데 알세스트가 말했다.

"우리 저거 보러 가자!"

우리는 기차에서 내렸고, 기차는 아빠를 태운 채 출발했다. 아빠는 우리가 내린 걸 몰랐다. 그래도 별 문제는 없었다. 왜냐하면 아빠가 엄청 재미있어했기 때문이다. 아빠는 웃으면서 칙칙폭폭! 칙칙폭폭! 소리를 냈다. 사람들도 아빠를 쳐다보면서 웃었다.

알세스트가 나에게 보여주고 싶어 한 건 조그만 새끼고양이였다. 아마 관리인 아저씨들 중 한 사람이 키우는 고양이인 것 같았다. 새끼고양이는 아주 귀여웠다. 우리는 아빠가 탄 꼬마 기차가 돌아올 때까지 고양이하고 재미있게 놀았다. 아빠는 기분이 무척 안 좋았다. 아빠는 우리를 엄청 많이 혼내고, 새끼고양이 따위를 보려고 동물원에 왔냐며 소리를 질렀다.

"새끼고양이도 동물이잖아요."

알세스트가 말했다. 하지만 아빠는 완전히 기분이 나빠져서 집에 돌아올 때까지 내내 부루퉁해 있었다.

나는 아빠를 이해한다. 아빠처럼 동물원을 별로 좋아하지 않는 사람한테는 귀한 시간을 내서 동물원에 가는 게 힘든 일일 거다. 아무리 알세스트와 나를 위해서 그랬다지만 말이다.

이자벨 소피

오늘은 일요일이다. 우리 가족은 비뇨 아저씨와 아줌마네 집에 초대를 받았다. 아빠의 친구라는데 나는 모르는 분들이다. 아빠는 나에게 그 집에는 여자 애가 있으니까 재미있게 놀 수 있을 거라고 했다. 보통 여자 애들은 별로 재미가 없다. 우리 옆집에 사는 마리 에드비주만 빼고 말이다. 마리 에드비주는 노란 금발 머리인데 아주 예쁘다. 그 애는 여자 애치고는 정말 멋지다.

엄마는 회색 원피스를 입었다. 나는 파란 정장을 입었다. 이 옷을 입으면 아주 우스꽝스러워 보인다. 아빠는 줄무늬 양복을 입었다. 우리가 비뇨 아저씨네 집에 도착하자, 모두 서로 만나 깜짝 놀라기라도 한 것처럼 소리를 질러 댔다. 비뇨 아저씨와 아줌마는 내가 나이에 비해 무척 크다고 했다. 아저씨는 함박웃음을 지으며 아줌마 뒤에 숨어 있던 여자 애를 가리켰다.

"자, 얘가 우리 딸 이자벨 소피야. 이자벨, 인사해야지."

아저씨가 말했다.

새까만 머리의 이자벨 소피라는 애는 입술을 앙다물고 있었다. 그 애는 고개를 흔들면서 싫다고 하고는 다시 아줌마 뒤로 숨어 버렸다.

"이자벨! 인사 안 하니?"

아저씨가 다시 말했다.

아줌마는 웃으면서 뒤를 돌아보고는 이자벨 소피에게 뽀뽀를 했다. 그러자 이자벨 소피는 자기 뺨을 문질러 닦았다.

"양해해 주세요. 얘가 수줍음이 많거든요! 이자벨, 너 이 꼬마 친구한테도 인사 안 할 거니?"

아줌마가 말했다.

"안 해. 바보같이 생겼어."

이자벨 소피가 대꾸했다.

나는 그 말을 듣고 이자벨 소피를 한 대 때려 주고 싶었는데 모두 웃기만 했다. 심지어 우리 엄마는 이렇게 재미있고 귀여운 여자 아이는 처음 본다는 말까지 했다. 아빠는 아무 말도 안 했다.

"자, 그럼 우리 간단히 포도주부터 마실까요? 이렇게 계속 서 있다가는 양고기 요리가 너무 익어 버릴 거예요. 니콜라, 너는 뭐 마실래?"

아줌마가 나에게 물었다.

"아, 얘는 괜찮아요. 신경 쓰지 마세요!"

엄마가 말했다.

"어머, 아니에요! 석류 시럽을 조금 줄까? 어떠니? 아이들도 우리랑 함께 건배를 할 수 있도록 석류 시럽을 조금 주도록 해요. 이런 일이 매일 있는 건 아니잖아요?"

아줌마가 말했다.

나는 석류 시럽을 무지 좋아한다. 빨간 색깔이 아주 예쁘기 때문이다. 그런데 이자벨 소피는 또 고개를 저으며 싫다고 했다.

"나는 석류 시럽 싫어. 포도주 마실 거야."

"우리 딸, 포도주 마시면 아야 하는 거 알잖니. 의사 선생님이 배 아프지 않으려면 아주 조심해야 한다고 했지?"

아줌마가 말했다.

"우리 애가 좀 예민하거든요. 그래서 항상 조심해야 한답니다."

아저씨가 아빠 엄마에게 말했다.

"포도주 마시고 싶어!"

이자벨 소피가 소리를 질렀다.

아줌마는 어른들에게는 포도주를 주고, 나하고 이자벨 소피에게는 석류 시럽을 주었다. 내가 좋아하는, 물을 아주 조금만 탄 엄청 맛있는 석류 시럽이었다.

하지만 이자벨 소피는 계속 소리를 질러 댔다.

"석류 시럽 싫어! 석류 시럽 싫어! 석류 시럽 안 먹을 거야!"

"그래, 우리 귀염둥이, 그럼 안 먹어도 돼."

아줌마가 말했다.

"그래, 애들한테는 억지로 뭘 시키면 안 되지."

아저씨도 말했다.

그러고 나서 아줌마는 내가 학교에서 공부를 잘하느냐고 물었다. 아빠는 껄껄 웃으면서 이번 달에는 그럭저럭 성적이 괜찮았다고(나는 이번 달에 수학에서 8등을 했다.), 내가 엉뚱한 데 정신만 팔지 않으면 훨씬 더 잘할 거라고 했다.

"그런데 요즘 학교에서 애들 공부시키는 방식이 좀 잘못된 것 같아요."

아저씨가 말했다. 아줌마도 맞장구를 쳤다.

"맞아요. 이자벨네 담임 선생님은 정말 너무 까다롭고 불공평해요. 그 담임 선생님이라는 여자를 만났는데, 벽에 대고 말하는 기분이었다니까요. 아예 애를 학교에 보내지 말고 가정교사를 붙여서 집에서 공부를 시키면 어떨까 하는 생각도 들어요. 그래도 이자벨은 아주 잘하고 있어요. 참, 한번 보세요. 이자벨, 저번에 배운 우화를 아줌마 아저씨 앞에서 암송해 보렴."

"싫어."

이자벨 소피가 말했다.

"애한테 강요하면 안 되지."

아저씨가 말했다.

"암송하면 포도주 줄 거야?"

이자벨 소피가 물었다.

"그래, 하지만 아주 조금만이다."

비뇨 아줌마가 말했다.

그러자 이자벨 소피는 뒷짐을 지고 이야기를 시작했다.

"라 퐁텐의 까마귀와 여우 이야기."

하지만 그러고는 아무 말도 하지 않았다. 그러자 아줌마가 거들어 주었다.

"까마귀 아저씨가 나무 위에……"

"까마귀 아저씨가 나무 위에."

이자벨 소피가 따라했다.

"앉아서……."

아줌마가 또 가르쳐 줬다.

"앉아서."

"부리에……."

"부리에."

"치즈를 물고 있었어요."

"치즈를 물고 있었어요."

"여우 아저씨가 냄새를 맡고……."

"나 이제 포도주 줘!"

이자벨 소피가 소리를 질렀다.

아빠와 엄마는 박수를 쳤다. 아저씨는 이자벨 소피에게 뽀뽀를 했고, 아줌마는 그 애에게 포도주를 조금 따라 주었다. 이자벨 소피는 포도주 잔을 받으면서 석류 시럽 잔을 카펫 위에 떨어뜨렸다.

"괜찮아, 괜찮아."

비뇨 아저씨가 말했다.

"자, 이제 식탁으로 갈까요?"

아줌마가 말했다.

식탁에는 빳빳하고 하얀 식탁보가 깔려 있고 엄청 많은 잔들이 놓여 있어서 아주 근사했다. 이자벨 소피는 자기네 아빠 엄마 사이에 앉았고, 나는 우리 아빠 엄마 사이에 앉았다. 비뇨 아줌마가 끝내주는 전채 요리를 내왔다. 식당에서 먹는 것처럼 돼지고기랑 마요네즈가 듬뿍 들어간 요리였다.

아빠가 비뇨 아저씨에게 말했다.

"자네, 내가 지난 주에 길에서 누굴 만났는지 알아?"

"나 마요네즈 더 줘!"

이자벨 소피가 소리쳤다.

"귀여운 우리 딸, 벌써 많이 먹었잖니. 다른 사람들이 먹은 걸 다 합친 것보다 너 혼자 먹은 마요네즈가 더 많아."

아저씨가 말했다. 그러자 이자벨 소피가 울음을 터뜨렸다. 그 애는 마요네

즈를 더 주지 않으면 지난 번처럼 사람들 보는 앞에서 병이 나고 말 거라고, 그리고 죽어 버릴 거라고 했다. 그러고는 의자 위로 뛰어올라갔다.

"그래, 알았어. 조금만 더 줄게. 조금 더 먹는다고 탈이 나지는 않겠지."

아줌마가 말했다.

"하지만 의사가 전에……."

아저씨가 뭐라고 말하려고 했다.

"아휴, 딱 한 번이야. 자, 받아라, 우리 딸. 하지만 다음에 의사 선생님이 오셨을 때 이 일은 이야기하면 안 된다."

아줌마는 이렇게 말하면서 이자벨 소피에게 마요네즈를 조금 더 주었다. 우리는 그 애가 전채 요리를 다 먹을 때까지 기다렸다. 하지만 이자벨 소피는 마요네즈로 접시에 그림을 그리느라 느릿느릿 먹었다. 조금 있다가 비뇨 아줌마는 이자벨 소피의 손가락을 닦아 주고 나서 양고기를 가지러 갔다.

"그래, 자네 내가 지난 주에 누구를 만났는지 알아? 내가 조용히 길을 걸어가고 있었는데 말이야……."

아빠가 아까 하던 이야기를 꺼냈다.

"아빠, 오늘 저녁에 나 극장에 데려갈 거야?"

이자벨 소피가 아저씨에게 물었다.

"나중에 얘기하자, 우리 딸."

아저씨가 말했다.

"하지만 나하고 약속했잖아! 어제 나한테 극장에 갈 거라고 했잖아!"

"알았어, 너만 피곤하지 않으면 가자꾸나."

"나는 안 피곤해! 랄랄라! 하나도 안 피곤해! 나 하나도 피곤하지 않은 거 아빠도 알지? 맞아, 지난 주에는 피곤했어. 하지만 오늘은 눈곱만큼도 피곤하지 않아. 아빠한테 분명히 말하는데, 난 말이지, 하나도, 하나도, 하나도 피곤하지 않아!"

이자벨 소피가 말했다.

"자, 양고기 나왔어요!"

아줌마가 말했다. 아줌마는 커다란 쟁반에 엄청 큰 양고기를 담아 가지고 식당으로 들어왔다. 아빠랑 엄마, 아저씨가 "이야!" 하고 탄성을 질렀다. 아줌마는 아저씨 앞에 양고기 쟁반을 내려놓았다. 아저씨가 고기를 썰려고 자리에서 일어났다.

"자, 제일 맛있는 넓적다리 고기는 누가 먹을까?"

아저씨가 웃으면서 물었고, 이자벨 소피가 그 부분을 차지했다.

엄마는 이렇게 맛있는 양고기는 처음 먹어 본다고 했다. 아줌마는 엄마에게 아주 좋은 고깃집을 알고 있다고 말했다.

"제가 다니는 정육점도 좋아요. 늘 좋은 고기를 주지요. 저한테 좋은 고기

를 안 주면 다른 집으로 가 버릴 테니까요."

엄마가 말했다.

"참 좋은 정육점이네요."

아줌마도 한 마디 했다.

우리는 양고기를 아주 맛있게 먹었다. 그 다음에 아줌마는 치즈를 가지러 갔다. 아무도 입을 열지 않았다. 아빠는 포도주 잔을 다 비우고 나서 아저씨에게 말을 걸었다.

"그래, 내가 조용히 길을 걸어가고 있었어. 그러다가 누구를 봤는지 알아? 내가 수천 번이나……."

그런데 아저씨가 이자벨 소피를 돌아보더니 버럭 소리를 질렀다.

"이자벨! 식탁에다 팔꿈치 대는 거 아니랬지!"

그러고 나서 아저씨는 우리 아빠에게 이렇게 말했다.

"이런 꼴을 보여서 미안하구먼, 친구. 하지만 자네도 알다시피 애들이 원래 그렇잖아. 애들은 잘 휘어잡지 않으면 금세 버릇이 나빠진다니까."

신나는 소풍

지난 주에 교장 선생님이 우리 교실에 들어왔다. 교장 선생님 얼굴에는 웃음이 가득했다. 그래서 우리는 무척 놀랐다. 교장 선생님은 우리 교실에 들어올 때는 절대로 웃지 않았고, 우리가 평생을 감옥에서 지내게 될 거라느니, 그러면 우리 부모님이 엄청 괴로워할 거라느니 그런 말만 했기 때문이다.

"여러분, 여러분 담임 선생님이 지난 주에 치른 작문 시험 성적을 나에게 알려 주었어요. 나는 아주 기분이 좋습니다. 여러분 모두 좋은 성적을 거두었어요. 여러분이 많이 발전했다는 걸 알 수 있었지요. 공동 꼴찌인 클로테르와 맥상까지도 학년 평균 점수를 받았어요. 참 잘했어요."

교장 선생님이 말했다.

나란히 앉아 있던 클로테르와 맥상이 활짝 미소를 지었다. 우리 반 아이들

모두 웃었다. 하지만 아냥은 조프루아가 자기와 공동 일등이라는 걸 알고는 웃지 않았다.

"그래서 여러분 담임 선생님과 나는 여러분에게 상을 주기로 결정했어요. 목요일에 모두 함께 소풍을 갈 거예요!"

교장 선생님의 말에 우리는 모두 "와!" 하고 함성을 질렀다. 교장 선생님이 계속 말했다.

"여러분에게 하고 싶은 말은 이번의 성과에 만족하지 말고 앞으로 더욱더 노력을 하라는 것뿐이에요. 계속 노력을 하면 여러분의 미래는 밝을 것이고, 여러분을 위해 희생하시는 부모님을 기쁘게 해 드릴 수 있을 거예요."

교장 선생님이 나가자, 우리는 한꺼번에 떠들기 시작했다. 선생님이 자로 교탁을 두드렸다.

"좀 조용히 하세요. 자, 조용히! 여러분은 모두 부모님에게 이번 소풍에 참석해도 좋다는 내용의 편지를 받아 오세요. 점심은 학교에서 줄 거예요. 목요일 아침에 학교에 모여서 출발하겠어요. 함께 버스를 타고 갈 거예요. 자, 이제 받아쓰기를 합시다. 전부 공책을 꺼내세요. 조프루아, 너 한 번만 더 아냥에게 인상 쓰면 소풍에 안 데려간다!"

다음 날, 우리는 모두 소풍을 가도 좋다는 내용의 부모님 편지를 가져왔다. 하지만 아냥은 소풍에 못 가게 되어 죄송하다는 편지를 가져왔다.

목요일이 될 때까지 우리는 소풍에 대해 엄청 떠들어 댔다. 교실에서도, 쉬는 시간에도, 집에 가서도 말이다. 우리는 모두 들떠 있었다. 사실은 담임 선생님과 우리 부모님들까지도 그랬다.

목요일 아침, 나는 아주 일찍 일어나서 엄마를 깨우러 갔다. 학교에 늦고 싶지 않았기 때문이다.

"니콜라, 새벽 여섯 시잖니. 학교에는 아홉 시까지 가면 돼! 어서 가서 좀 더 자."

엄마가 말했다.

나는 다시 자고 싶지 않았다. 하지만 아빠가 이불 사이로 고개를 내밀길래 조용히 내 방으로 돌아왔다. 소란을 피우고 싶지 않았기 때문이다.

아빠 엄마한테 세 번째로 달려갔을 때는 두 분 모두 일어나 있었다. 나는 세수를 하고 옷을 입었다. 엄마는 나보고 아침을 먹으라고 했지만 나는 배가 고프지 않았다. 그래도 아침을 먹기는 했다. 엄마가 내 몫의 잼 바른 빵과 우유를 안 먹으면 소풍 못 갈 줄 알라고 했기 때문이다.

그러고 나서 아빠와 엄마는 나에게, 얌전히 행동하고 선생님 말씀을 잘 들으라고 했다. 나는 돛이 떨어진 돛단배와 빨간 공, 파란 공, 낡은 라켓을 챙겼다. 아빠는 내가 전기 기차의 객차들은 가져가지 않았으면 했다. 나는 집을 나섰다.

학교에 8시 15분에 도착했는데 친구들은 벌써 다 와 있었다. 친구들도 갖가지 물건을 가져왔다. 공이랑 장난감 자동차, 구슬, 고기잡이 그물 등등. 조프루아는 사진기도 가져왔다. 조금 있으니까 선생님이 왔다. 하얀 옷으로 빼입은 선생님은 아주 멋있었다. 우리는 모두 선생님과 악수를 했다. 그 다음에는 학생부 선생님인 무샤비에르 선생님이 커다란 바구니 두 개를 들고 운동장으로 나왔다. 우리는 무샤비에르 선생님하고도 악수를 했다. 그 다음에는 버스가 왔다. 운전기사 아저씨가 내리자 우리 모두는 아저씨하고도 악수를 했다.

우리와 함께 소풍을 가는 무샤비에르 선생님은 바구니를 차에 실었다. 그러고는 우리에게 차에 타라고 했다. 조프루아와 맥상은 서로 맨 앞 운전기사 아저씨 옆자리에 앉겠다고 싸웠다. 우리 선생님이 둘을 떼어 놓고는 조프루아에게 맨 뒤에 가서 앉으라고 했다. 선생님은 둘 다 얌전하게 굴지 않으면 소풍에 데려가지 않겠다고 했다. 그것 말고도 사소한 실랑이가 있었다. 아이들이 전부 다 서로 창가에 앉고 싶어 했기 때문이다. 무샤비에르 선생님은 우리보고 조용히 있지 않으면 반성문을 쓰게 하겠다고, 누구든 한 마디만 더 했다가는 아무도 창가에 못 앉게 될 거라고 했다.

그러고 나서 우리는 출발했다. 우리는 엄청 신이 났다. 차 안에서 노래도 불렀다. 하지만 조프루아는 노래를 부르지 않았다. 조프루아는 아무도 사진을 찍어 주지 않겠다고, 이럴 줄 알았으면 아빠 차를 타고 소풍을 갈걸 그랬다고, 아빠 차에서는 자기가 원하기만 하면 언제든지 운전기사 옆자리에 앉을 수 있다고 했다.

우리는 차를 타고 아주 오래 갔다. 우리는 옆으로 자동차가 지나갈 때마다 얼굴을 찌푸리고 소리를 지르면서 엄청 재미있게 놀았다. 제일 좋은 자리는 맨 뒷좌석이었다. 뒤에서 오는 차가 우리 버스를 앞질러 가기 전에 잔뜩 인상을 쓰면서 장난칠 수 있으니까 말이다. 조프루아는 맥상하고 또 싸웠다. 조프루아가 앉은 맨 뒷자리에 맥상이 앉겠다고 했던 거다. 선생님은 조프루아와 맥상을 둘 다 운전기사 아저씨 옆자리에 앉혔다. 운전사 아저씨는 말썽꾸러

기 두 녀석 때문에 고생해야 했다.

얼마 안 있어 우리는 시골에 도착했다. 담임 선생님과 무샤비에르 선생님은 우리에게 모두 차에서 내리라고, 벌 받는 아이들도 다 내리라고 했다. 선생님들은 우리에게 흩어지지 말고 줄을 서라고 했다. 가엾은 운전사 아저씨만 차에 혼자 남았다. 아저씨는 손수건으로 얼굴의 땀을 닦고 있었다.

우리는 조금 걸어 풀밭으로 갔다. 선생님은 우리에게 나무에 올라가면 안 되고 숲에서 딴 건 독이 있을지도 모르니까 함부로 먹으면 안 된다고 했다.

우리 선생님과 무샤비에르 선생님은 풀밭에 자리를 깔고, 바구니에서 삶은 달걀이랑 사과랑 샌드위치 등을 꺼내어 차리기 시작했다. 알세스트는 자기 바구니를 따로 가져왔는데, 그 안에 든 것(닭고기와 파이!)을 꺼내어 먹기 시작했다. 그 동안 우리는 여기저기 뛰어다니면서 공을 던지고 놀았다. 무샤비에르 선생님이 달려와서 클로테르의 고기잡이 그물을 압수했다. 자기 얼굴에 공을 던졌다고 클로테르가 뤼퓌스를 그물로 후려쳤기 때문이다.

클로테르는 화가 단단히 났다. 모두 공을 가지고 사냥꾼 놀이를 하는데 자기 혼자만 공이 없으니까 화가 날 만도 하다. 조금 있으니까 선생님이 와서 점심을 먹으라고 했다. 점심은 아주 맛있었다. 한 사람 앞에 큼지막한 샌드위치 두 개와 삶은 달걀, 사과가 돌아갔다. 점심이 너무 적다고 투덜거린 사람은 알세스트뿐이었다.

점심을 먹고 나서 선생님은 다 같이 숨바꼭질을 하자고 했다. 우리는 아주 신이 났다. 선생님이랑 같이 노는 건 처음이기 때문이다. 무샤비에르 선생님도 같이 놀았는데 선생님이 술래가 되었다. 그래서 우리는 무척 재미있었다. 그런데 무샤비에르 선생님은 나무에 올라간 조프루아를 찾고 나서 엄청 화를 냈다. 선생님은 나무 위에 올라가면 안 된다면서 당장 내려오라고 했다. 그리고 조프루아에게 나무를 보고 서 있으라는 벌을 주었다.

알세스트, 뤼퓌스, 외드, 맥상, 조아생, 클로테르 그리고 나는 술래에게 금방 잡혔다. 하지만 그건 다 운전기사 아저씨 탓이었다. 우리가 차 안에 숨으려고 했는데 아저씨가 못 타게 했으니까 말이다.

그 다음에는 클로테르가 술래가 되었다. 클로테르가 맨 먼저 찾은 사람은 조프루아였다.

"야! 난 지금 숨바꼭질하는 게 아니고 벌 서는 거란 말이야."

조프루아가 외쳤다.

"그럼 나무 뒤에 서 있어야지!"

클로테르도 소리를 질렀다. 둘은 싸우기 시작했다. 우리는 모두 가서 구경을 했다. 하지만 담임 선생님은 뤼퓌스를 돌보느라 바빴다. 점심을 너무 빨리 먹어치우는 바람에 뤼퓌스가 탈이 나고 말았던 거다.

무샤비에르 선생님은 우리가 정말 못 말리는 녀석들이라고 소리쳤다. 그때 조프루아가 사진기를 잃어버렸다고 말했다.

우리는 모두 사진기를 찾으러 사방으로 돌아다녔다. 조프루아는 클로테르하고 또 싸웠다. 클로테르가 킬킬거리면서 쌤통이라고 말했기 때문이다. 무샤비에르 선생님은 둘 다 차에 가서 벌을 서라고 했다. 그런데 조프루아와 클로테르가 되돌아 와서는 운전기사 아저씨가 차에 안 태워 준다고 했다. 무샤비에르 선생님은 둘을 데리고 차로 갔다가 혼자서 돌아왔다. 선생님 말씀이 더 이상 사진기를 찾을 필요가 없다고, 조프루아가 사진기를 차에다 두고 내린 거였다고 했다.

그러고 나서 선생님은 이제 가야 할 시간이라고 했다. 우리는 너무 아쉬웠다. 아직 조금밖에 못 놀았기 때문이다. 하지만 우리는 어차피 바로 출발할 수도 없었다. 혼자서 계속 숨바꼭질을 하고 있는 외드를 찾아야 했기 때문이다. 나무 꼭대기에 올라가 있는 외드를 찾아 낸 건 무샤비에르 선생님이었다.

우리는 모두 소풍 덕분에 기분이 좋아져서 돌아왔다. 매주 소풍을 가면 참 좋겠다. 어쨌든 다음 주 목요일에는 소풍을 갈 수 없을 거다. 그 날 우리 반은 벌로 학교에 나와야 하니까.

한동안 학교에 못 나오는 벌을 받은 외드만 빼고 말이다.

아빠가 뚱뚱해졌어요

아빠는 크림 과자를 두 접시나 비운 다음 냅킨을 접고는 이렇게 말했다.

"결심했어. 나 내일부터는 무슨 일이 있어도 다이어트를 할 거야."

나는 다이어트가 뭐냐고 물었다. 그러자 엄마가 뚱뚱해지지 않기 위해 음식을 덜 먹겠다는 뜻이라고 설명해 주었다.

"그래, 정말이지, 나 살쪘어."

아빠가 말했다. 그러니까 아빠가 뚱뚱해졌다는 거다. 내가 보기에 아빠는 허리띠를 두르는 데만 빼고는 그렇게 살이 찐 것 같지 않았다. 하지만 저녁을 먹고 난 뒤여서 나는 더 이상 군소리하지 않고 잠을 자러 갔다.

다음 날은 일요일이었다. 엄마는 구운 빵, 브리오슈 빵, 초콜릿 음료, 오렌지잼으로 기막히게 맛난 아침 식사를 차렸다. 오렌지잼에는 얇게 저민 껍질까지 들어가 있어서 엄청 맛있었다. 아빠는 살이 찌지 않으려고 설탕도 우유도 넣지 않은 커피 한 잔만 마셨다. 내가 아침을 먹는 동안 아빠는 나를 구경했다. 아빠가 엄마에게 말했다.

"니콜라도 요즘 부쩍 살이 찐 것 같은데……."

엄마는 내가 살찌지 않았다고, 나는 쑥쑥 자라고 있는 거라고, 살찌는 것하고 자라는 건 별개의 문제라고 대꾸했다. 아빠는 엄마 말이 물론 맞다고,

그리고 나는 아직 어리기 때문에 다이어트 같은 건 필요 없을 거라고 했다.

아침을 먹고 나서 아빠하고 나는 산책을 했다. 우리는 일요일에 자주 산책을 한다. 나는 아빠가 해 주는 흥미진진한 전쟁 얘기를 들으면서 산책하는 게 참 좋다. 날씨가 좋았고 다른 사람들도 모두 기분이 좋아 보였다. 빵집은 손님들로 북적거렸다. 나는 멈춰 서서 멋지게 장식된 케이크를 구경하고 싶었지만 아빠는 내 팔을 잡아끌며 말했다.

"어서 가자."

빵집에서 나는 냄새가 얼마나 좋은데! 나는 너무 아쉬웠다. 조금 있다가 우리는 시장 앞에 이르렀다. 시장은 참 좋다. 엄마랑 같이 시장에 가면 장사하는 아저씨들이 가끔 나에게 사과나 작은 새우 같은 걸 준다. 그런데 아빠는 시장 구경도 싫다고 했다.

"집에 가자. 늦었잖아."

아빠는 좀 짜증이 난 것 같았다.

엄마는 점심에 식당에서 파는 것 같은 근사한 전채 요리를 내왔다. 마요네즈와 여러 가지 재료를 넣고 햄으로 돌돌 만 건데, 맛이 끝내준다. 그 다음에는 감자튀김과 완두콩을 곁들인 닭고기가 나왔다. 나는 두 번이나 먹었다. 그리고 샐러드, 카망베르 치즈, 케이크도 있었다. 점심이 어찌나 맛있던지 다 먹고 나서야 너무 많은 걸 알았다. 속이 안 좋았던 거다. 놀라운 건 아빠도 속

이 아주 안 좋아 보였다는 거다. 아빠는 비스킷이랑 시금치, 닭고기의 흰 가슴살만 조금 먹었을 뿐인데 말이다.

아빠와 나는 정원으로 나갔다. 아빠는 의자에 앉았고, 나는 풀밭에 누웠다. 조금 있으니까 알세스트가 우리 집에 놀러 왔다. 알세스트는 아빠에게 "안녕하세요." 하고 인사를 했다. 그러고는 주머니에서 커다란 초콜릿 케이크를 꺼내어 먹기 시작했다. 케이크가 조금 뭉개지기는 했지만 그래도 아주 맛있어 보였다. 나는 알세스트에게 달라는 말은 하지 않았다. 알세스트는 자기 먹을 걸 누가 달라고 하면 무척 기분 나빠하기 때문이다. 아빠는 알세스트를 쳐다보면서 입술을 혀로 핥고는 말했다.

"알세스트, 너네 집에서는 밥을 굶기니?"

"아뇨. 점심에도 쇠고기 스튜를 먹고 아주 맛있는 소스에 빵을 찍어 먹었어요. 우리 엄마가 소스를 얼마나 잘 만든다고요. 엄마는 슈크루트도 잘 만들어요. 어제 저녁에는……."

"그래, 그래, 됐다!"

아빠는 이렇게 소리치고는 신문을 펴서 읽기 시작했다. 그러자 알세스트가 나에게 물었다.

"너네 아빠 왜 저러셔? 쇠고기 스튜 안 좋아하시니?"

나는 알세스트에게 저쪽에 가서 공놀이나 하자고 했다.

우리가 놀고 있는데 울타리 위로 블레뒤르 아저씨의 얼굴이 나타났다.

"얘들아, 재밌냐?"

아저씨가 우리에게 물었다. 그러고는 신문을 읽고 있는 아빠를 쳐다보고 말했다.

"애들하고 좀 놀아 주지 그러나. 자네도 운동을 좀 해야지. 건강에도 좋고 살도 빠질 텐데."

그래서 내가 말했다.

"우리 아빠는 더 이상 살 안 찔 거예요. 다이어트 중이거든요."

아저씨는 큰 소리로 킬킬대고 웃었다. 아빠는 기분이 상한 것 같았다.

"그래, 니콜라 말대로야. 나는 다이어트 중이라고! 아무렴! 자네처럼 못생기고 바보 같은 뚱보가 되지 않으려면 다이어트를 해야지!"

아빠가 소리를 질렀다. 아저씨가 웃음을 뚝 그치고 물었다.

"내가 뚱보라고?"

그러자 알세스트가 말했다.

"네, 맞아요."

아빠가 그 말을 듣고 말했다.

"애들은 거짓말을 못 하는 법이야. 자네는 다이어트를 할 의지도 없는 사람이니까 앞으로 더 뚱뚱해지겠지."

"뭐? 내가 의지가 없다고?"

"아무렴, 하얀 치즈 덩어리 안에 아무 의지가 없는 것처럼 자네도 의지라곤 없는 사람이지!"

아빠가 대꾸했다. 아저씨는 울타리를 뛰어넘어왔다. 아저씨는 뚱뚱하기는 해도 울타리는 참 잘 넘는다. 아저씨랑 아빠는 서로 툭탁대며 실랑이를 벌였다. 우리가 그 모습을 재미있게 구경하고 있는데, 엄마가 집 안에서 우리를 불렀다.

"애들아, 들어와라. 간식 준비 다 됐다!"

우리는 간식을 먹고 다시 밖으로 나왔다. 아저씨는 가고 없었고 아빠는 땅

자, 오늘은 토끼고기 스튜를 만들어 볼까요? 맛있는 스튜를 만들려면 먼저……
이거 내가 좋아하는 프로야.

에 떨어진 신문지 쪼가리를 줍고 있었다. 알세스트가 우리 아빠에게 말했다.

"아저씨도 쓸데없이 그러지 말고 간식이나 드시지 그랬어요. 생강빵이었는데 양은 좀 모자랐지만 끝내주게 맛있었어요."

아빠는 알세스트를 쳐다보고는, 만약 음식에 대해 궁금한 게 생기면 꼭 알세스트에게 물어보겠다고 대꾸했다.

"네, 그러세요."

알세스트가 말했다. 그건 참 좋은 생각인 것 같다. 음식에 관해서라면 알세스트를 따라갈 사람이 없으니까.

빗방울이 떨어지기 시작하자 엄마가 우리보고 집으로 들어오라고 했다. 우리는 거실에서 놀았다. 알세스트와 나는 장난감 자동차를 가지고 놀고 엄마는 라디오 방송을 들으면서 뜨개질을 했다. 아빠는 신문을 읽었다. 라디오 방송은 별로 재미없었다. 어떤 아줌마가 나와서 토끼고기 스튜 만드는 법을 가르쳐 주는 프로그램이었다. 아빠도 그 프로그램이 정말 재미없다고 생각했나 보다.

"저 라디오 당장 끄지 그래!"

아빠는 소리를 지르고는 방으로 올라가 버렸다. 알세스트는 기분 나빠하며 말했다.

"이거 내가 좋아하는 프로그램인데……."

알세스트는 시간도 너무 늦고 우리 집 생강빵도 다 떨어지자 자기네 집으로 돌아갔다.

"저녁 준비 다 됐다!"

엄마가 외쳤다. 나는 손을 씻고 식당으로 갔다. 아빠는 벌써 식탁 의자에 앉아 있었는데, 몹시 슬퍼 보였다.

나는 저녁 먹는 자리에서 엄청 놀랐다. 기억력이 좋은 엄마가 아빠가 살이 쪘다는 걸 까맣게 잊고 있는 것처럼 보였기 때문이다. 엄마는 아빠에게 먹을 걸 엄청 많이 주었다. 심지어 아빠가 싫어하는 카술레 스튜까지 주었다. 그래도 아빠는 전혀 불평하지 않았다. 솔직히 말하자면 먹느라 정신이 없었다.

아빠는 크림 과자를 두 접시나 비운 다음 냅킨을 접고는 말했다.

"어쨌든 결심했어. 내일부터는 무슨 일이 있어도 다이어트를 할 거야."

이다음에 어른이 되면

어른처럼

우리 이웃집에 사는 마리 에드비주는 엄청 예쁘다. 오늘 아빠 엄마는 마리 에드비주와 내가 우리 집 정원에서 놀 수 있게 허락해 주었다.

"우리 뭐 하고 놀까? 공놀이? 구슬치기? 전기 기차 놀이?"

"싫어. 우리 소꿉놀이 하자. 너는 아빠 하고 나는 엄마 하고. 그리고 내 인형은 우리 딸 하고."

마리 에드비주가 대답했다.

나는 인형을 좋아하지 않기 때문에 인형을 가지고 노는 건 별로 내키지 않았다. 만약 친구들이 내가 인형을 갖고 노는 걸 보면 엄청 놀릴 거다. 하지만 마리 에드비주의 기분을 상하게 하고 싶지 않고, 또 그 애가 너무 예쁘니까 나는 그러자고 대답했다.

마리 에드비주가 설명했다.

"좋아. 그럼 여기는 식당이고, 이건 식탁, 저건 찬장이야. 지금은 저녁이야. 나는 빨간 원피스를 입고 우리 엄마의 굽 높은 구두를 신고 있는 거야. 너는 지금 막 회사에서 퇴근했어. 자, 해 보자."

나는 아무도 없는지 확인하려고 길 쪽을 힐끗 쳐다보았다. 특히 우리 집 가까이 사는 알세스트가 보지는 않을까 조금 걱정이 되었다. 그러고 나서야 나는 놀이를 시작했다.

나는 현관문을 열고 들어가는 시늉을 했다.

"안녕, 마리 에드비주."

내가 말했다.

"아냐, 너 정말 바보구나! 아빠가 퇴근해서 말할 때처럼 '여보' 라고 해야지. 나도 엄마가 아빠를 부를 때처럼 부르고 말이야. 다시 해 보자."

마리 에드비주가 말했다. 그래서 나는 다시 시작했다.

"안녕, 여보."

"안녕, 그레구아르. 왜 이렇게 늦게 들어와요?"

"있잖아, 마리 에드비주……."

내가 말을 하려고 했지만 마리 에드비주는 내가 말할 수 있게 내버려 두지 않았다.

“아니라니까, 니콜라! 넌 소꿉놀이 할 줄도 모르니? 이게 뭐야! 넌 나를 여보라고 부르고 회사에서 일이 많아서 늦었다고 해야지!”

“회사에서 일이 많아서 늦었어, 여보.”

그러자 마리 에드비주는 두 팔을 치켜들고는 소리를 질렀다.

“아! 또 그 소리 할 줄 알았어! 매일 저녁 똑같은 소리! 당신이 친구들하고 어울리느라 늦은 게 아니라면 내 손에 장을 지지겠어! 하긴 당신은 내가 걱정을 하든 말든, 저녁 식사가 식든 말든, 우리 예쁜 딸이 아프든 말든 신경도 안 쓸 사람이지. 전화는 뒀다 뭐 해? 당신도 가정이 있고 집이 있는 사람이라는 생각을 해야지. 아니지, 그런 게 당신한테 무슨 흥미가 있겠어. 친구들하고 어울리는 게 더 좋겠지! 난 정말 불행해! 나를 여보라고 부르지도 마!”

마리 에드비주는 얼굴이 시뻘게졌다. 그러더니 나에게 말했다.

“니콜라, 너 왜 그렇게 입만 벌리고 있어? 소꿉놀이 안 할 거야?”

“있잖아, 마리 에드비주. 공놀이 안 할래? 내가 공 살살 던질게. 너도 해 보면 재미있을 거야.”

“싫어. 넌 이제 집에 돈을 많이 벌어 오려고 일을 많이 하는 거라고 말해.”

“난 집에 돈을 많이 벌어 오려고 일을 많이 하는 거야.”

그러자 마리 에드비주는 갖가지 몸짓을 해 보이며 말했다.

“그 말도 나올 줄 알았지! 회사 사람들이 당신을 이용하는 거라고. 물론 당신은 시장에 가거나 세탁소에 돈을 내러 갈 필요가 없겠지. 그런데 난 말이지, 당신이 가져다 주는 돈으로는 그러고 싶어도 그럴 수가 없다고. 우리 딸이랑 나는 입을 옷도 없어. 사장한테 월급 좀 올려 달라고 하라고 내가 몇 번이나 말했어? 그런데도 당신은 입도 벙긋 못 하고 있잖아. 당신 대신 내가 그 사장을 만나고 싶은 심정이라고!"

"이제 나는 뭐라고 말해?"

내가 물었다.

"아무 말도 하지 마. 넌 그냥 신문이나 봐."

그래서 나는 풀밭에 앉아 신문 읽는 시늉을 했다.

"신문이나 읽지 말고 나랑 얘기 좀 해. 오늘 무슨 일이 있었는지 이야기 좀 해 보라고. 나는 하루 종일 사람 구경도 못 하고 살아. 그런데 당신은 집에 들어오자마자 신문만 펴 들고 입 다물고 있기야?"

"하지만 마리 에드비주, 나보고 신문을 읽으라고 한 건 너잖아."

그러자 마리 에드비주가 웃음을 터뜨렸다.

"이 바보야, 그거야 그렇지. 하지만 이건 놀이잖아, 놀이. 소꿉놀이! 그러니까 이제 너는 신문을 접고 '이런, 이런!' 하면 되는 거야."

마리 에드비주는 웃을 때 정말 예쁘다. 나는 그 애랑 노는 게 너무 좋아서 신문을 접는 척하고 시키는 대로 했다.

"이런, 이런!"

"정말 너무하네! 신문은 나중에 읽고 나랑 얘기 좀 하자고 한 게 그렇게 잘못된 일이야? 딸한테 뽀뽀도 안 해 줬지? 우리 딸은 이렇게나 예쁘고 암송

시험에서도 좋은 성적을 받아 왔는데!"

마리 에드비주는 이렇게 말하고 풀밭에 누워 있던 인형을 주워 들었다. 그 애는 내게 인형을 건네며 안아 주라고 했다.

"싫어, 인형은 싫어!"

내가 말했다.

"왜 인형이 싫다는 거야?"

마리 에드비주가 나에게 물었다.

"알세스트 때문이야. 그 녀석이 나를 보면 바보 같다고 놀릴 거야. 그리고 학교에 가서 다른 친구들에게 다 떠벌릴 거라고."

내가 대답했다.

"알세스트가 누군데?"

"응, 내 친구야. 뚱뚱하고 항상 뭘 먹고 다녀. 그리고 쉬는 시간에는 골키퍼를 맡아."

그러자 마리 에드비주가 눈을 가늘게 뜨면서 말했다.

"그러니까 친구들이 놀릴까 봐 나랑 못 놀겠다 이거지?"

"아냐. 그런 거 아냐. 그런데 이젠 전기 기차 가지고 놀자. 나한테 객차도 엄청 많고 오르락내리락하는 건널목 차단기도 많아."

"네 친구하고 노는 게 더 좋으면 그 애랑 놀면 될 거 아냐! 나는 우리 엄마한테 갈래!"

마리 에드비주는 이렇게 말하고 자기 집으로 가 버렸다.

나는 정원에 혼자 남아 있었다. 조금 울고 싶었다. 그런데 아빠가 웃으면서 집에서 나왔다. 아빠가 말했다.

"너희 둘 노는 모습을 창문으로 보고 있었단다. 너 참 잘했다! 아주 단호하던걸!"

아빠는 내 어깨에 손을 얹으며 또 이렇게도 덧붙였다.

"이보게, 친구! 여자들은 다 똑같다니까!"

나는 기분이 아주 좋았다. 왜냐하면 아빠가 나더러 꼭 어른 같다고 했기 때문이다. 예쁜 에드비주한테는…… 그래! 내일 그 애한테 사과를 하러 가야겠다. 어른처럼 당당하게 말이다.

이다음에 커서 할 일

"조용히 좀 하세요!"

선생님이 소리쳤다.

"모두 공책을 꺼내 받아 쓰세요. 클로테르, 선생님이 말하잖아! 클로테르, 너 선생님 말 듣고 있니? 그래, 선생님이 지금부터 내일까지 여러분이 써 와야 할 작문 주제를 알려 주겠어요. 주제는 '내가 이다음에 커서 할 일'이에요. 그러니까 여러분이 장차 무엇을 하고 싶은지, 어른이 되면 어떤 일을 하고 싶은지에 대해 써 오는 거예요. 알았지요?"

조금 있으니까 쉬는 시간 종이 울렸다. 우리는 운동장으로 나갔다. 나는 무척 기분이 좋았다. 작문 숙제 주제가 쉬웠기 때문이다. 나는 내가 이다음에 커서 뭘 할지 잘 안다. 나는 비행기 조종사가 될 거다. 비행기 조종사는 엄청 멋지다. 부릉! 아주 빨리 날고, 폭풍이 몰아치거나 비행기에 불이 나면 승객들은 전부 겁을 먹지만 비행기 조종사는 근사하게 불시착을 한다.

"나는 비행기 조종사가 될 거야."

외드가 말했다.

"어, 안 돼! 안 돼! 넌 안 돼. 비행기 조종사는 내가 할 거야!"

내가 외쳤다.

"미안한데 말이지, 누가 그렇게 정했는데?"

바보 멍청이 외드가 나에게 말했다.

"내가 정했다, 왜? 넌 딴 거 하면 되잖아! 농담 아니야! 그리고 비행기를 몰려면 일단 너 같은 바보는 안 돼!"

내가 바보 멍청이 외드에게 말했다.

"너 코피 터지고 싶어?"

외드가 말했다. 그런데 어느새 부이옹 선생님이 소리도 없이 다가와 있었다. 부이옹 선생님이 우리에게 말했다.

"첫 번째 경고다. 내가 너희를 지켜보고 있어."

부이옹 선생님은 소리가 안 나는 고무 밑창이 달린 신발을 신고서 우리를 늘 감시한다. 부이옹 선생님이랑 있을 때는 바보 같은 짓을 하면 안 된다. 선생님은 우리를 뚫어지게 쳐다보다가 눈썹을 실룩이면서 공을 압수하러 갔다.

"나 참, 싸울 필요 없어. 비행기 조종사는 여러 명이 될 수 있는 거야. 나도 비행기 조종사가 되고 싶은걸. 어쨌든 각자 자기 비행기를 몰면 되잖아."

뤼퓌스가 말했다.

외드와 나는 뤼퓌스의 말이 옳다고 생각했다. 그건 아주 멋진 생각이었다. 우리가 각자 비행기를 몰게 되면 누가 더 빠른지 시합도 할 수 있을 테니까 말이다.

클로테르는 우리에게 자기는 빨간색 트럭과 헬멧이 멋있어 보여서 소방관이 되고 싶다고 했다. 나는 그 말을 듣고 놀랐다. 나는 여태껏 클로테르가 사이클 선수가 되고 싶어 하는 줄 알았기 때문이다. 클로테르는 노란 자전거도 있고, 프랑스 전국 일주 대회에 나가려고 오래 전부터 연습도 하고 있었다.

"물론 사이클 선수도 될 거야. 하지만 대회가 매일 열리는 건 아니잖아. 대회에 나가지 않을 때는 소방관을 할 거야."

클로테르가 설명했다.

조아생은 전함의 함장이 되고 싶다고 했다. 재미있는 여행도 하고 멋진 제복에 모자도 쓰고 계급장도 주렁주렁 달 수 있으니까 말이다.

"그리고 말이지, 내가 집에 돌아올 때마다 우리 부모님이 엄청 자랑스러워하실 거야. 내 영예로운 귀환을 기념하는 파티도 열어 주실걸?"

조아생이 우리에게 말했다.

"알세스트, 너는 뭐 할 거야?"

내가 알세스트에게 물었다.

"나는 조아생네 집에서 열리는 파티에 갈래."

알세스트는 이렇게 말하고는 잼 바른 빵을 들고 웃으면서 가 버렸다.

조프루아는 자기 아빠네 은행에서 일할 거라고, 그래서 돈을 많이 벌 거라고 했다. 하지만 조프루아의 말은 신경 쓸 필요가 없다. 녀석은 거짓말도 엄청 잘하고 아무 말이나 막 하기 때문이다. 선생님의 치사한 귀염둥이 아냥은 교수님이 되겠다고 해서 우리를 한바탕 웃겼다.

"나는 탐정이 될 거야. 영화에 나오는 것 같은."

맥상이 말했다. 맥상은 우리에게 탐정이 얼마나 멋진지 설명해 주었다. 탐정이 되면 트렌치코트를 입고 모자를 쓰고 주머니에 권총을 가지고 다니면서 자동차, 비행기, 헬리콥터, 배 같은 걸 다 몰 수 있다고 했다. 그리고 경찰이 범인을 찾기도 전에 탐정이 먼저 다 찾아 낸다고 했다.

"그건 뻥이야. 우리 아빠가 그러는데 실제는 영화 같지 않댔어. 강도들이 그렇게 엉터리로 당하진 않는대. 그리고 탐정들이 영화에 나오는 것처럼 만날 나쁜 놈들을 따라다니다가는 오히려 그 탐정들이 금방 나쁜 짓을 배울 거랬어."

뤼퓌스가 말했다.

"너네 아빠가 뭘 안다고 그래?"

맥상이 발끈했다.

"우리 아빠는 경찰서에서 일한단 말이야. 그러니까 우리 아빠가 잘 알지."

뤼퓌스가 대꾸했다. (그건 정말이다. 뤼퓌스네 아빠는 경찰관이다.)

"야, 웃기지 마. 너네 아빠는 교통 경찰이잖아. 교통 위반 딱지나 끊으면서 강도에 대해서 뭘 안다고 그래?"

맥상이 말했다.

"너 한 대 맞고 싶어?"

뤼퓌스가 말했다. 뤼퓌스는 누가 자기네 아빠에 대해 나쁘게 말하는 걸 싫어한다.

그 때 부이옹 선생님이 말했다.

"두 번째 경고다. 모두 내 눈을 똑바로 봐라. 평소보다 더 시끄럽게 구는데, 계속 그렇게만 해 봐. 혼쭐을 내 줄 테니까."

부이옹 선생님은 다시 저쪽으로 갔다. 맥상은 탐정이야말로 세상에서 제일 어렵고도 재미있는 일을 하는 사람이라고, 나쁜 놈들이 눈치 못 채게 놈들을 미행하는 사람이라고 했다. 그래서 탐정은 괜히 신문을 읽는 척하거나 구두끈을 고쳐 매는 척하면서 나쁜 놈들의 행동을 살핀다고 했다.

"나쁜 놈인 줄 알고 있으면서 뭣하러 미행을 하냐? 당장 체포하면 되지."

뤼퓌스가 삐죽거렸다.

"그거야 놈들의 소굴을 찾아 내기 위해서지. 그냥 그놈만 체포해 버리면 나쁜 놈들이 모여 있는 본거지는 절대로 찾아 낼 수 없어. 너네 아빠한테 물어보면 알 거 아냐. 경찰이 나쁜 놈한테 본거지를 대라고 해도 놈들은 절대로 말을 안 해. 그건 누구나 아는 사실이야. 그리고 너네 아빠는 경찰복을 입는데 어떻게 나쁜 놈들에게 들키지 않고 추적을 하냐? 만약 나쁜 놈들이 경찰이 신문 읽는 척하는 걸 보면 자기를 감시하는 줄 대번에 알아챌걸? 바로 그렇기 때문에 탐정이 있어야 하는 거야."

맥상이 말했다. 맥상은 또 사람들이 눈치 못 채게 뒤를 쫓는 건 아주 재미있다고, 자기는 벌써 학교 오는 길에 연습해 봤다고 했다. 맥상은 자기가 미행을 아주 잘한다고, 우리에게 미행하는 시범을 보여주겠다고 했다.

"너희는 그냥 아무 데로나 가면 돼. 그럼 내가 너희가 눈치 못 채게 뒤쫓아 갈게."

그래서 우리는 걷기 시작했다. 맥상은 우리와 조금 떨어져서 따라왔다. 우리가 맥상이 어디 있나 보려고 뒤돌아 볼 때마다 맥상은 신발 끈을 고쳐 매는 척하면서 몸을 숙였다.

"그게 뭐야? 네가 쫓아오는 걸 다 알겠는데."

뤼퓌스가 따졌다.

"물론 지금이야 쉽게 알 수 있지. 하지만 그건 너희랑 나랑 아는 사이니까 그런 거야. 탐정은 알아볼 수 없단 말이야. 탐정은 변장도 하고 콧수염도 달기 때문에 누군지 알아볼 수 없어."

"네가 쉬는 시간에 수염을 붙인다고 해도 나는 금방 알아볼 것 같은데?"

외드가 말했다.

그 말에 우리는 모두 웃었다. 그래서 맥상은 기분이 상했다. 맥상은 우리가 전부 바보에다 샘쟁이라고 소리쳤다. 그런데 다음 순간, 부이옹 선생님이 멀리서 자기를 쳐다보고 있다는 걸 알고는 다시 신발 끈을 매는 척하면서 몸을 숙였다.

"그리고 내가 너희를 미행할 거라고 미리 얘기했잖아. 원래 탐정은 나쁜 놈들을 미행할 때 미리 알려 주지 않아. 그건 바보 같은 짓이지."

맥상이 말했다.

"그럼 미리 알리지 말고 누군가를 미행해 보면 되잖아."

내가 말했다.

맥상은 내 말을 듣고 정말 좋은 생각이라고 했다. 그러고는 수업 내용을 살펴보고 있던 어떤 선생님을 미행하러 갔다. 우리는 모두 맥상 뒤를 따라갔다. 맥상은 계속 신발 끈을 고쳐 매는 척하면서 그 선생님을 따라갔다. 그런데 갑자기 그 선생님이 홱 돌아보더니 맥상의 멱살을 잡고 소리를 질렀다.

"이 못된 개구쟁이 녀석, 그만 쫓아오지 못해? 너 좀 맞고 싶어?"

맥상의 얼굴이 새하얘졌다. 그 선생님이 맥상의 멱살을 놓자 맥상은 땅바

닥에 털썩 주저앉고 말았다. 맥상은 일어나서 다시 우리에게 왔다.

"글쎄, 내 생각에 너는 작문 주제로 다른 걸 고르는 게 나을 것 같아. 탐정이 된 네 모습은 너무 초라해."

뤼퀴스가 말했다.

"맞아. 탐정들이 다 이런 거라면 나는 그냥 나쁜 놈 할래!"

클로테르가 말했다.

우리는 모두 웃었다. 그러자 맥상이 무섭게 화를 냈다. 맥상은 다 우리 잘못이라고, 우리가 따라와서 그 선생님이 눈치 챈 거라고, 그렇게 바보같이 줄줄이 쫓아오면 세상에서 제일 훌륭한 탐정도 제대로 일을 할 수 없을 거라고 소리를 질러 댔다.

"누가 바보 같다는 거야?"

조프루아가 물었다.

"누구긴 누구야? 너네들이지!"

맥상이 외쳤다.

"세 번째이자 마지막 경고다. 이 녀석들! 또 왜 싸우는 거냐? 응?"

부이옹 선생님이 우리를 보고 고함을 쳤다.

"선생님, 우리 싸우는 거 아니에요. 작문 때문에 그래요."

조아생이 말했다.

부이옹 선생님의 눈이 휘둥그레졌다.

"작문 때문이라고? 아마 권투에 대한 작문인가 보지?"

"아니에요, 선생님! 우리가 나중에 뭘 할 건지에 대해 쓰는 거예요."

"너희가 나중에 할 일? 그거야 쉽지, 고민할 것 없다. 내가 도와주지. 내가 너희가 나중에 뭘 할지 지금 당장 알려 주마."

부이옹 선생님은 우리 모두 수업이 끝난 후에 학교에 남으라고 말했다.

어엿한 사나이

아침에 우리 가족은 모두 일찍 일어났다. 아빠가 무슈붐 아저씨(아빠 회사 사장님)랑 여행을 떠나기 때문이다.

우리는 흥분해 있었다. 아빠와 이렇게 오래 떨어져 본 일이 거의 없기 때문이다. 저번에 내가 엄마 아빠만 집에 남겨 놓고 여름방학 캠프에 다녀왔을 때는 빼고 말이다.

"여보, 조심해서 잘 다녀와."

엄마가 아주 걱정스러운 얼굴로 말했다.

"조심하고 말고가 뭐 있어. 기차로 가는 건데."

아빠가 대답했다.

"그래도 조심해야지. 그리고 도착하자마자 꼭 전화해, 응?"

"그렇게 걱정할 거 없어. 나는 내일 오후면 집에 돌아올 거라고. 잠옷 챙기는 것 잊지 않았지? 이러다 늦겠다. 니콜라, 책가방 챙겨라. 아빠가 기차역 가는 길에 학교에 데려다 주마."

TAXI

아빠는 엄마에게 생일이나 결혼기념일에 하는 것처럼 아주 한참 동안 뽀뽀를 했다. 아빠는 택시 안에서 나에게 엄마를 잘 부탁한다고 했다. 아빠가 집에 없는 동안에는 내가 우리 집안의 유일한 남자라고 했다. 아빠는 웃으면서 나에게 뽀뽀를 했다. 친구들은 내가 택시에서 내리는 걸 보고 이상하다는 표정을 지었다.

점심을 먹으려고 집에 돌아왔는데, 식탁에 접시가 두 개밖에 놓여 있지 않았다. 식탁이 텅 빈 것 같았다.

엄마가 부엌에서 소리쳤다.

"우선 정어리부터 먹으렴, 엄마가 금방 튀김을 내갈게!"

그래서 나는 그림책을 보면서 점심을 먹기 시작했다. 카우보이들이랑 복면을 쓴 남자가 나오는 재미있는 이야기였다. 복면을 쓴 남자는 은행가다. 이 책은 여러 번 읽어서 이야기를 다 알고 있다. 조금 있으니까 엄마가 튀김을 가지고 나왔다. 엄마는 눈을 휘둥그렇게 떴다.

"니콜라, 엄마가 밥 먹을 때는 책 보는 게 아니라고 몇 번이나 말해야 하니? 가서 그림책 꽂아 놓고 와!"

"하지만 아빠는 밥 먹으면서 신문 보잖아요."

"그런 핑계는 대지 말고!"

"하지만 아빠가요, 아빠가 집에 없는 동안은 내가 아빠 역할을 해야 한다고 했단 말이에요. 아빠는 내가 우리 집안의 어엿한 남자랬어요. 그러니까 아빠가 신문을 읽는 것처럼 나도 책을 읽을래요!"

엄마는 내 말을 듣고 아주 놀란 것 같았다. 엄마는 내 그림책을 빼앗아서 찬장 위에 올려놓았다. 나는 엄마가 이러면 나도 밥을 먹지 않겠다고 했다. 그러자 엄마는 밥을 먹지 않으면 후식도 못 먹게 될 거라고 했다. 나는 할 수 없이 밥을 먹었다. 정말 불공평하다. 그러고 나서 나는 서둘러 학교로 돌아갔다. 오후에 체육 시간이 있기 때문이었다. 체육 시간은 엄청 재미있다.

학교가 끝나고 알세스트와 나는 클로테르를 집까지 바래다 주었다. 클로테르가 에스텔 이모에게 받았다는 새로운 장난감 소방차를 우리에게 보여준다고 했기 때문이다. 하지만 클로테르네 엄마가 우리를 집 안에 못 들어오게 해서 결국 소방차는 구경하지 못했다. 그러고 나서 나는 알세스트를 집까지 바래다 주었다. 알세스트는 나를 다시 우리 집 현관 앞까지 바래다 주었다. 집에 들어갔더니 엄마가 거실에서 나를 기다리고 있었다. 엄마는 몹시 화가 난 것 같았다.

"너 이 시간까지 뭐 했어? 학교에서 돌아올 때 괜히 길에서 시간 낭비하지 말라고 몇 번이나 말했니? 엄마가 혼내도 할 말 없지? 안 그래?"

"아빠는 회사에서 늦게 와도 혼내지 않잖아요."

내가 말했다.

엄마는 나를 쳐다보고는 말했다.

"그래, 우리 아들, 그렇게 생각했다 이거지? 어쨌든 올라가서 숙제해라. 금방 저녁 먹을 거니까."

"오늘은 외식한 다음에 극장에 가면 어떨까요?"

내가 물었다.

"얘가 점점!"

"왜요, 엄마랑 아빠는 가끔 그러잖아요."

"그래, 니콜라. 하지만 그럴 땐 아빠가 돈을 내시지. 그러니까 네가 돈을 많이 벌게 되면 그 때 가서 외식을 하자꾸나."

"나한테 저금통이 있어요. 그 안에 돈이 많이 들어 있어요."

엄마는 손으로 눈을 비비고 나서 이렇게 말했다.

"잘 들어, 니콜라! 너 이러는 거 엄마는 정말 넌덜머리가 나! 엄마 말 들어. 안 그러면 엄마 화낸다!"

"이것 보세요. 정말 불공평해요. 아빠는 아빠가 집에 없는 동안에는 내가 이 집안의 남자라고 했는데, 엄마는 내가 아빠처럼 뭘 하려고 하면 다 못 하게 하잖아요!"

내가 큰 소리로 말했다.

"아빠가 너보고 엄마 말 잘 듣고 얌전히 굴라고는 안 하시던?"

엄마가 물었다.

"아뇨, 아빠는 그런 말 안 했어요. 그냥 내가 아빠 역할을 해야 한다고 했어요. 그게 다예요."

그러자 엄마가 웃으면서 말했다.

"그래, 좋아. 그럼 우리 집 남자에게 오늘 저녁에는 초콜릿 케이크를 줘야지. 엄마 생각에 어엿한 사나이는 그런 케이크를 좋아할 것 같구나. 맛있는 초콜릿 케이크도 없는 식당에 가는 대신 집에서 저녁을 먹는 게 낫겠지? 그러고 나서 우리 같이 카드 놀이를 하자. 어때?"

나는 좋다고 했다. 엄마가 초콜릿 케이크를 만들었다면 그렇게 맛난 걸 두고 외출하는 건 정말 바보짓이니까 말이다. 우리는 저녁을 먹고 함께 카드 놀이를 했다. 내가 두 판을 이겼다. 나는 카드로 하는 바타유 놀이를 엄청 잘한다. 카드 놀이를 하고 나서 엄마는 나에게 이제 잘 시간이라고 했다.

"한 판만 더 해요!"

"안 돼, 니콜라. 가서 자야지! 너도 알다시피 어엿한 사나이는 아빠처럼 해야 하는 거야. 그러니까 네가 가서 현관문이 잘 닫혔는지 확인하렴."

그래서 나는 현관문을 살피러 갔다. 이렇게 엄마를 돌볼 수 있어서 무척 뿌듯했다. 하지만 바타유 놀이를 딱 한 판만 더 하고 싶었다.

"아빠는 제일 늦게 잔단 말이에요!"

내가 말했다.

"그래, 그럼 엄마는 자러 간다. 그러면 네가 제일 늦게 자는 거 맞지?"

엄마는 거실 불을 끄고 침실로 올라갔다. 나는 어두운 거실에 혼자 남는 건 싫었다. 그래서 내 방으로 올라갔다.

"내가 잘 때 다시 거실로 내려가면 안 돼요."

내가 엄마에게 말했다.

"어머, 어머! 누가 나를 깨우는 거야? 난 벌써 잠들었는데!"

엄마가 말했다.

그래서 나도 잠이 들었다.

엄마가 나를 깨웠다.

"자, 우리 아들, 일어나야지. 학교 갈 시간이야. 얼른, 얼른! 벌떡 일어나!"

나는 학교에 가기 싫다고 했다.

"매일 아침 똑같은 소리구나. 일어나! 꾀부리지 말고! 엄마는 네가 어엿한 남자라고 생각했는데, 아니니?"

엄마가 말했다.

"어엿한 남자는 학교에 안 가요."

내가 대꾸했다.

"어엿한 남자는 회사에 가잖니."

"나도 정말 회사에 가고 싶어요. 하지만 학교는 가기 싫다고요. 그리고 아빠가 나한테 엄마를 잘 돌봐 드리라고 했는데 내가 학교에 가서 수학 문제나 푸느라 집을 비우면 엄마를 돌볼 수 없잖아요."

"네 아빠가 참 좋은 생각을 하셨구나. 어쨌든 당장 일어나지 않으면 볼기짝을 때려 줄 거야. 알았니?"

나는 엉엉 울었다. 나는 몸이 엄청 아프다고, 그리고 기침을 막 해 대면서 배가 아프다고 징징거렸다. 하지만 엄마는 나를 침대에서 끌어냈고, 나는 학교에 가야만 했다.

점심을 먹으러 집에 돌아왔더니 아빠가 벌써 와 있었다. 나는 아빠에게 달려들어 뽀뽀를 했다. 아빠는 내 생각을 많이 했다고, 나를 위해 선물을 가져왔다고 했다. 아빠는 나에게 펜 한 자루를 주었다. 그 펜에는 금빛 글씨로 '반 드 괴츠 보험'이라고 씌어 있었다. 아주 근사했다. 그러고 나서 아빠는 내 머리를 쓰다듬으면서 엄마에게 물었다.

"그래, 우리 니콜라가 그 동안 잘하고 있었어?"

엄마는 나를 보고 웃으면서 말했다.

"니콜라는 어엿한 사나이처럼 굴었어. 진짜 어엿한 꼬마 사나이처럼!"

며칠 전부터 윗니 하나가 흔들거렸다. 그래서 자꾸 혀로 이를 건드려 봤는데 가끔은 좀 아프기도 했다. 그래도 나는 계속 이를 건드렸다.

어제 점심 때였다. 엄마가 요리를 가지러 부엌에 들어간 사이, 빵 한 조각을 베어 물었는데, 쏙! 이가 빠져 버렸다. 나는 겁이 나서 울음을 터뜨렸다.

아빠가 벌떡 일어나서 내 의자로 다가왔다.

"니콜라, 무슨 일이냐? 어디 아프니? 대답 좀 해 봐! 무슨 일이야?"

나는 울면서 말했다.

"내 이요, 이가 빠졌어요!"

그러자 아빠는 껄껄대고 웃었다. 엄마가 뛰어나왔다.

"무슨 일이야? 하여간 잠시도 둘만 둘 수가 없다니까! 눈만 돌리면 무슨 일이 일어나니, 원!"

엄마가 말했다.

"아냐, 여보. 우리 바보 녀석이 우는 건 방금 전에 이 하나가 빠져서 그런 거야."

아빠가 웃으면서 말했다.

"이? 어디 좀 보자."

엄마는 이렇게 말하면서 내 입 속을 들여다보았다. 엄마는 웃으면서 내 머리에 뽀뽀를 했다.

"괜찮아, 우리 아들. 울 일이 아니란다."

엄마가 말했다.

"왜 아니에요! 왜 아니에요! 엄청 아프고 피도 막 나는데!"

내가 외쳤다.

"니콜라, 들어 봐라. 너도 이제 의젓하게 행동하는 법을 배워야 해. 어엿한 남자들만 이가 빠지는 거야. 그런 건 아무것도 아니지. 미용실에 가서 머리카락을 잘라도 또 자라는 것처럼 이도 빠지면 다시 난단다. 자, 그러니까 가서 입 헹구고 와서 밥 먹으렴. 걱정할 필요 없어. 이가 빠지는 건 전혀 나쁜 일이 아니야. 아빠가 전에도 말했지만 너 자꾸 징징대면 바보 같아. 바보처럼 우스꽝스러워 보인다고!"

아빠는 얼굴을 찡그려 보였다. 나는 아빠 얼굴이 우스워서 웃었다. 나는 입을 헹구고 빠진 이를 씻어 호주머니에 넣고는 다시 식사를 하러 내려갔다.

그러고 나서 약간의 소동이 있었다. 내가 새 이가 날 때까지 학교에 가지 않겠다고 떼를 쓴 거다. 하지만 아빠가 얼굴을 찌그러뜨리면서 나를 웃겨서 울 수가 없었다.

학교에 가는 길에 나는 알세스트를 만났다. 나는 알세스트에게 빠진 이를 보여주었다.

"그게 뭐야?"

알세스트가 물었다.

내가 설명했다.

"내 이야. 이가 빠졌거든. 봐."

나는 입을 크게 벌려 보여주었다. 알세스트는 내 입 속을 들여다보고는 정말이라고, 이 하나가 없다고 했다. 그런 뒤에 우리는 학교에 늦어서 뛰기 시작했다.

학교에 들어서면서 알세스트가 외쳤다.

"이것 봐, 얘들아! 니콜라 이가 하나 빠졌어!"

그러자 친구들이 모두 몰려왔다. 나는 입을 크게 벌렸다. 모두 내 입 속을 구경했다. 학생주임인 부이옹 선생님이 다가와서 무슨 일이냐고 물었다. 내가 설명을 했다. 부이옹 선생님도 내 입 안을 들여다보고 "그렇구나." 하고는 그냥 가 버렸다.

"너 빠진 이빨 갖고 있어?"

조프루아가 물었다.

"그럼."

나는 주머니에서 이를 꺼내어 조프루아에게 보여주었다.

"쥐가 가져가야 하니까 베개 밑에 두는 것 잊지 마."

조프루아가 말했다.

"그게 무슨 말이야? 쥐가 가져가야 한다니?"

내가 물었다.

"응, 그건 어른들이 써먹는 방법인데, 이가 빠지면 어른들은 그걸 잠자기 전에 베개 밑에 두라고 해. 그러면 쥐가 와서 그 이빨을 가져가고 그 자리에 돈을 놓아 둔대. 저번에 이가 빠졌을 때 그렇게 해 봤는데 정말이더라고."

"그건 다 뻥이야."

뤼퀴스가 말했다.

"뻥일 수도 있지. 하지만 이십 상팀이나 생겼는걸. 그러니까……."

조프루아가 말했다.

"우리 할아버지는 이빨을 물컵에 넣어 두던데."

클로테르도 한 마디 했다.

"나한테도 그게 통할까? 정말 쥐가 와서 가져갈까?"

내가 조프루아에게 물었다.

"물론이지. 그 방법은 절대 실패하지 않아."

조프루아가 대답했다.

"뻥이라니까."

뤼퓌스가 또 말했다.

"아, 그래?"

조프루아가 대꾸했다.

잠시 후에 종이 울렸다. 우리는 줄을 서서 교실로 들어갔다.

나는 조프루아가 말해 준 이야기 때문에 엄청 기분이 좋았다. 나는 이빨을 다시 보려고 주머니에서 꺼냈다.

"그거 잃어버리지 마."

알세스트가 나에게 말했다.

그 때 담임 선생님이 소리쳤다.

"니콜라, 너 아직까지 뭐 하고 있는 거니? 책상 밑에 감춘 건 뭐야? 당장 선생님한테 갖고 와! 어서! 빨리 못 움직여? 훌쩍거려 봐야 소용 없어!"

그래서 나는 선생님 책상 앞으로 나갔다. 나는 선생님한테 내 이를 보여주었다. 선생님은 엄청 놀란 것 같았다.

"그게 뭐니, 니콜라?"

"제 이빨이에요. 이걸 베개 밑에다 놓아 둘 거예요. 오늘 밤에 쥐가 가져가게요."

내가 선생님한테 설명했다.

선생님은 나한테 눈을 부릅떴다. 하지만 나는 선생님이 웃음을 참으려고

안간힘을 쓰고 있다는 걸 알았다. 선생님은 참 좋은 분이다. 가끔 우리를 혼낼 때도 사실은 우리 장난을 아주 재미있어하는 것 같다.

"좋아, 니콜라. 이는 도로 가져가고 이제 산만하게 굴지 않도록 주의하렴. 쥐는 얌전하고 말 잘 듣는 아이에게만 찾아오거든. 그러니까 오늘은 그 어느 때보다도 차분하게 지내야 해. 알았니? 자, 이제 자리에 가서 앉아라."

그러고 나서 선생님은 클로테르에게 앞으로 나오라고 했다. 클로테르가 빵점을 맞은 거였다. 하지만 그건 별로 대단한 문제가 아니다. 이가 빠진 것도 아니니까 말이다.

수업이 끝나고 나는 알세스트와 함께 학교를 나섰다. 알세스트가 말했다.

"너도 알고 있었지? 쥐가 와서 이빨을 돈으로 바꿔 준다는 게 뻥이 아니라

는 거 말이야. 선생님도 그 말이 맞다고 했잖아. 그러니까 이빨을 베개 밑에 두는 것 절대 잊지 마, 알았지? 그렇게 해서 내일 돈이 생기면 우리 둘이 좋아하는 걸 사러 갈 수 있을 거야."

"왜 우리 둘이 좋아하는 걸 사냐? 이건 내 이빨인데. 돈이 필요하면 네 이빨이 빠질 때까지 기다리면 되잖아! 농담 아냐!"

알세스트는 내 말을 듣고 엄청 화를 냈다. 알세스트는 내가 친구도 아니라고, 뭐든 친구들과 나눠 가져야 하는 거라고, 이제 다시는 나하고 말도 안 하겠다고, 자기 이가 빠지게 되면 나한테는 아무것도 안 줄 거라고 했다.

알세스트는 내 코 앞에서 손가락을 튕겨 딱 소리를 내려고 했지만 손가락에 버터가 잔뜩 묻어서 그럴 수 없었다. 알세스트는 뛰어가 버렸다.

나는 잠들기 전에 이를 베개 밑에 두었다. 그리고 설레는 마음으로 잠이 들었다.

그런데 오늘 아침, 아주 일찍 일어나서 베개 밑을 살펴보았을 때, 뭐가 있었을까? 내 이뿐이었다! 돈은 없고 이빨뿐이었다!

정말이지 너무 불공평했다. 돈이 생기지 않는다면 이가 빠져 봤자 무슨 소용이냔 말이다. 나는 아빠 엄마 방으로 달려갔다. 아빠 엄마는 아직 자고 있었다. 나는 엉엉 울면서 빠진 이를 내밀었다.

"뭐야, 또 빠졌어? 이럴 수가 있나!"

아빠가 큰 소리로 말했다.

"어제 빠진 거예요. 조프루아가 쥐가 찾아온다고 분명히 그랬는데, 안 왔어요!"

"쥐가 찾아와? 니콜라, 대체 무슨 말이니?"

"쥐가 찾아온다고? 아!"

아빠가 머리 위에 손을 얹으면서 말했다.

"아, 그래! 그럼, 그럼…… 무슨 일인지 아빠도 알겠다. 니콜라, 네 방에 가 있으렴. 아빠가 금방 갈게."

그래서 나는 이를 가지고 내 방으로 돌아왔다. 아빠하고 엄마가 웃는 소리가 들렸다. 조금 있다가 아빠는 함박웃음을 지으며 내 방에 들어왔다.

"그 쥐가 바보였구나. 쥐가 베개를 착각했나 봐! 아빠 베개 밑에 뭐가 있었는지 아니?"

아빠는 이렇게 말하면서 나에게 50상팀짜리 동전을 주었다!

나는 엄청 기분이 좋았다. 알세스트한테 내 이를 줘야겠다. 그러면 알세스트도 오늘 저녁 베개 밑에 놓아 둘 수 있을 테니까!

이다음에 어른이 되면

여자가 뭔지

우리 옆집에는 아빠가 이제는 말도 붙이지 않는 블레뒤르 아저씨 말고, 우리 아빠랑은 말도 안 하는 쿠르트플라크 아저씨가 산다. 그 아저씨는 프티 테파르냥 백화점 4층에 있는 신발 코너 지배인인데, 피아노를 치는 부인 쿠르트플라크 아줌마와 마리 에드비주라는 딸이 있다. 마리 에드비주는 가끔 정원에서 나하고 논다.

그 애는 어제 울타리에 난 구멍으로 들어왔더랬다. 그 구멍은 옛날부터 늘 그렇게 뚫려 있었다. 쿠르트플라크 아저씨는 우리 아빠한테 편지를 보내서 울타리를 제대로 고쳐 놓지 않으면 고소하겠다고 했다. 그래서 아빠도 답장을 보냈는데, 아빠가 편지에 뭐라고 썼는지는 모르겠다. 나란히 옆집에 살면서 편지를 주고받다니 우습다! 마리 에드비주는 나한테 같이 놀지 않겠냐고 물었고, 나는 좋다고 했다.

마리 에드비주는 여자 애긴 하지만 정말 멋지다. 얼굴은 장밋빛이고 머리칼은 반짝반짝 빛나는 노란색이다. 눈은 파랗고, 그 눈과 아주 잘 어울리는 파란색 체크 무늬 치마를 입었다. 물론 그 치마가 잘 어울리는 건 체크 무늬여서가 아니라 파란색이기 때문이다.

"너 아니? 내가 무용 배우는 거? 선생님이 우리 엄마한테 그랬는데, 내가 엄청 소질이 있대. 한번 볼래?"

마리 에드비주가 말했다.

"그래."

그러자 마리 에드비주는 라라라 노래를 부르면서 정원 여기저기를 뛰어다니다가 가끔 멈춰서 풀밭에서 뭔가를 찾는 것처럼 몸을 구부렸다. 그러고는 두 팔을 마치 날개라도 되는 양 흔들었다. 그 다음에는 발끝을 세우고 우리 엄마의 베고니아 화단 주위를 한 바퀴 돌았다. 아주 멋졌다. 클로테르네 집 텔레비전에서도 그렇게 멋진 모습은 본 적이 없다. 지난 주에 본 카우보이 영화만큼은 아니지만 말이다.

마리 에드비주가 말했다.

"나중에 나는 멋진 무용가가 될 거야. 하얀 드레스를 입어야지. 어떤 거 말하는지 너도 알지? 머리에는 보석을 잔뜩 달 거야. 그리고 전 세계에 있는 극장에서, 그러니까 파리, 미국, 아르카숑에 있는 극장에서 춤을 출 거야. 왕이랑 대통령들이 한데 모인 앞에서 말이야. 남자들은 모두 검은 제복이나 양복을 빼입고 여자들은 비단 드레스를 입고 오겠지? 하지만 그 중에서도 제일 예쁜 여자는 나일 거야. 모두 일어서서 나에게 환호를 보내겠지. 그러면 너는 내 남편이 되어서 커튼 뒤에 있다가 나에게 꽃다발을 주는 거야. 알았지?"

"그래."

내가 말했다.

그러자 마리 에드비주는 다시 발끝으로 서서 베고니아 화단 주위를 돌기 시작했다. 나중에 내가 어른이 되면 엄마가 저 베고니아를 뽑아서 극장에 들고 갈 수 있게 해 줬으면 좋겠다. 하지만 엄마가 허락해 줄지는 확실히 모르겠다. 화단의 베고니아는 엄마가 애지중지하는 꽃이니까. 조금 있으니까 친구들이 우리 집 앞을 지나갔다.

"야, 니콜라! 축구하러 안 갈래? 알세스트네 엄마가 압수했던 축구공을 돌려 주셨어!"

외드가 외쳤다.

축구라면 내가 엄마 아빠 다음으로 좋아하는 거다. 그런데 오늘은 왠지 친구들하고 축구하고 싶은 마음이 별로 들지 않았다.

마리 에드비주가 말했다.

"가고 싶으면 가. 네가 가든 말든 난 상관 없어. 그러니까 가고 싶으면 가."

"야, 너 갈 거야, 안 갈 거야? 놀고 싶으면 서둘러. 늦었단 말이야."

뤼퓌스가 말했다.

"물론 니콜라는 갈 거야."

알세스트가 말했다.

내가 별로 가고 싶지 않다는데 왜 친구들이 난리지? 내가 가기 싫다면 싫은 거지! 정말이지, 이게 뭐람. 농담 아닌데!

"쟤가 왜 저렇게 우리를 쳐다만 보고 있지?"

조아생이 물었다.

"싫으면 관두라지. 니콜라가 없으면 더 재미나게 놀 수 있을걸? 가자!"

조프루아가 말했다.

친구들은 가 버렸다. 마리 에드비주는 자기 때문에 내가 친구들과 축구하러 못 간 게 아니었으면 좋겠다고 했다. 나는 그런 거 아니라고, 난 단지 내가 하고 싶은 대로 할 뿐이라고 대답하며 웃었다. 마리 에드비주는 나에게 재주

넘는 걸 보여줄 수 있느냐고 물었다. 마리 에드비주가 아주 좋아하는 게 바로 재주넘기다. 나는 재주넘기라면 끝내주게 잘한다.

조금 있다가 쿠르트플라크 아줌마가 마리 에드비주를 부르면서 이제 저녁을 먹을 시간이라고 했다.

저녁 식사 자리에서도 그다지 배가 고프지 않았다. 내가 먹지는 않고 퓌레로 장난만 치고 있으니까 엄마가 내 머리에 손을 짚어 보고는 걱정이 된다고 말했다. 아빠는 봄이라서 그렇다고 했다. 엄마 아빠는 웃기 시작했고, 그래서 나도 웃었다. 하지만 퓌레는 끝내 다 먹지 못했다.

엄마는 내가 피곤해 보이고 내일 학교도 가야 하니까 이제 그만 자라고 했다. 나는 아주 푹 잤다. 꿈에 마리 에드비주가 나와서 파란 치마를 입고 극장에서 춤을 추었다. 객석에서는 카우보이 옷을 차려입은 내 친구들이 마리 에드비주에게 환호성을 보냈다. 나는 커다란 베고니아 꽃다발을 마리 에드비주에게 안겨 주었다.

오늘 아침, 학교에 갔더니 친구들이 다 와 있었다. 친구들이 전부 나를 쳐다보는데, 갑자기 외드가 알세스트를 와락 껴안았다. 영화에서 남자가 여자를 껴안는 것처럼 말이다. 그런 장면이 나오면 영화를 보던 사람들은 딴짓을 한다. 물론 영화 속의 여자는 바보 멍청이 알세스트처럼 잼 바른 빵을 먹고 있지는 않는다.

"당신을 사랑해. 아, 이런! 난 사랑에 빠졌어!"

외드가 말했다.

"나도 당신을 엄청 사랑해요, 니콜라!"

알세스트가 외드의 눈을 바라보며 빵 부스러기를 왕창 튀기면서 말했다.

"너네 그게 무슨 바보 짓이야?"

내가 물었다.

그러자 조프루아가 팔을 휘저으면서 깡충깡충 뛰기 시작했다.

"내가 춤추는 걸 봐. 축구보다 훨씬 재밌지? 봐! 나는 니콜라의 약혼녀처럼 춤춘다! 얘들아, 나 좀 봐! 멋있지 않아?"

조프루아가 소리쳤다.

그러자 모두 내 주위를 뱅글뱅글 돌면서 뛰어다니고 소리를 질렀다.

"니콜라는 누구누구를 좋아한대요! 좋아한대요! 좋아한대요!"

나는 엄청 화가 나서 알세스트가 먹고 있던 잼 바른 빵에 주먹 한 방을 날렸다. 우리는 모두 한데 뒤엉켜 싸우기 시작했다. 부이옹 선생님이 달려왔다. 부이옹 선생님은 우리를 떼어 놓고는 우리보고 야만인들이라고, 이제 정말 지긋지긋하다고, 우리 모두에게 학교에 남는 벌을 주겠다고 했다. 그러고 나서 선생님은 종을 치러 갔다.

내가 누굴 좋아한다고? 정말 우습다. 어떻게 여자 애 따위를 좋아할 수 있다는 건지! 아무리 그 애가 마리 에드비주라고 해도 말이다! 다 거짓말이다! 진실은 내 친구들이 전부 엄청 바보들이라는 것뿐이다!

내가 어른이 되면 극장 주인에게 말해서 내 친구들은 절대로 못 들어오게 할 거다! 이건 정말이다!

처남이 되고 싶어

맥상은 오늘 아주 우쭐해서 학교에 왔다.

"얘들아, 나 이제 조금만 있으면 처남이 된다!"

맥상이 우리에게 말했다.

"장난치지 마."

뤼퓌스가 대꾸했다.

"아니네요, 아저씨. 장난 아니네요."

맥상이 말했다.

맥상은 자기 큰누나 에르미온이 약혼을 했고 곧 결혼한다고 했다. 큰누나가 결혼을 하면 큰누나 남편은 맥상을 처남이라고 부르게 된다고 했다.

"너는 처남이 되기엔 너무 어려. 우리 아빠가 처남인데, 니가 어떻게 처남이 될 수 있냐?"

외드가 말했다.

"내가 뭐가 어려? 어디 달리기 시합 한번 해 볼래? 그리고 처남이 되는데 나이가 대체 무슨 상관이야? 우리 누나가 결혼을 하면 나는 짠! 하고 처남이 되는 거야."

맥상이 소리를 질렀다.

맥상은 또 자기 큰누나의 약혼자가 엄청 근사한 사람이라고 했다. 그 약혼자는 멋진 콧수염도 있고, 맥상에게 선물도 많이 주었다고 했다. 엊저녁에는 큰누나를 만나러 와서는 맥상에게 사탕을 사 먹으라고 용돈도 줬단다. 그리고 앞으로는 그냥 장 에드몽이라고 불러도 좋다고, 처남 매부끼리는 원래 친한 친구처럼 지내는 거라고 했단다.

"그리고 말이지, 나보고 결혼식 때 들러리를 해 달라고 했어. 그러면 샴페인도 마시고 결혼식 케이크 중에서 아주 큰 조각을 내가 먹게 될 거랬어."

맥상이 말했다.

"우와! 좋겠다!"

알세스트가 말했다.

"그리고 말야, 우리 누나 약혼자가 나하고 약속도 했어. 자기 차로 재미있는 데 데려가 줄 거라고 말이야. 그 차 진짜 근사해. 우리는 원숭이 보러 동물

난 처남이야!

원에 갈 거야."

맥상이 계속 자랑을 했다.

"네 얘기 슬슬 지겨워지는데, 처남아."

뤼퓌스가 말했다.

"아, 그래? 샘나니까 그러지? 너는 처남이 될 수 없으니까. 그렇지?"

맥상이 말했다.

"뭐야? 난 내가 원하기만 하면 얼마든지 처남이 될 수 있어! 처남이 될 수 없는 건 바로 너야! 넌 너무 못생겼어! 넌 처남이 아니고 추남일 뿐이야!"

뤼퓌스가 소리를 질렀다.

우리는 뤼퓌스가 한 말이 너무 우스웠다. 하지만 맥상은 웃지 않고 뤼퓌스에게 덤벼들었다.

"너 방금 한 말 다시 한 번 해 봐!"

"추남! 추남! 추남이라고 했다, 왜?"

그러자 맥상이 뤼퓌스에게 달려들었다. 둘이서 치고받고 싸우기 시작하자 부이옹 선생님이 달려와서 두 사람을 떼어 놓았다.

그러자 맥상이 소리를 질렀다.

"얘가 샘나니까 저한테 추남이래요! 모두 저를 샘내고 있다고요!"

"누가 너더러 왜 싸웠는지 설명하라고 했어? 그런 바보 같은 소리는 듣고 싶지 않다. 너희 둘 다 저기 가서 벌 서. 다른 사람들도 벌 서고 싶으면 그렇게 해. 한 마디만 더 했다간 봐라. 모두 조용히 입 다물어. 어서 가."

부이옹 선생님이 말했다.

그 날 오후에 나는 집으로 돌아가면서 맥상은 참 좋겠다고 생각했다. 콧수염 난 어른의 처남이 되어서 멋진 자가용을 타고 동물원에 원숭이를 보러 가면 얼마나 좋을까? 나는 집에 들어서자마자 부엌에 있는 엄마한테 달려갔다.

"엄마, 나는 처남이 될 수 없어요?"

엄마는 나를 쳐다보더니 말했다.

"니콜라, 엄마가 무척 바쁘거든? 그러니까 이상한 이야기로 엄마 귀찮게 하지 말고 나중에 아빠 오시면 여쭤 보렴. 그 동안 간식 먹고 올라가서 숙제하고."

아빠가 집에 돌아오는 소리가 나자 나는 아래층으로 뛰어내려갔다.

"있잖아요, 아빠!"

"잠깐만, 우리 아들. 아빠 외투 벗을 시간은 줘야지."

그런 다음 아빠는 거실 안락의자에 앉아서 나에게 물었다.

"그래, 이 녀석아. 원하는 게 뭐냐?"

"아빠, 나는 처남이 될 수 없어요? 네?"

아빠는 좀 놀란 듯하더니 껄껄 웃었다.

“안 될 것 같은데. 그건 안 되지. 하지만 나중에 네가 결혼을 하면, 그리고 너랑 결혼하는 아가씨한테 남동생이 있다면 매형은 될 수 있을 거다.”

“아, 싫어요! 나중에 말고 지금요! 맥상은 처남이 된대요. 그리고 자가용 타고 원숭이를 보러 동물원에도 간대요.”

“아빠 말 좀 들어 봐라, 니콜라. 이해를 좀 해 다오. 아빠는 피곤하고 조용

히 신문을 읽고 싶구나. 그러니까 네 방에 가서 놀아. 아니면 숙제를 하든가, 뭐든지 해. 알았니?"

나는 소리를 질렀다.

"뭐예요! 정말 불공평해! 내가 뭘 좀 해 달라고만 하면 말도 못 붙이게 하고 자꾸 내 방에나 올라가라고 하고! 맥상 같은 바보 멍청이도 처남이 되어서 자가용 타고 동물원 가서 원숭이를 보는데!"

아빠는 의자에서 벌떡 일어섰다. 아빠도 나만큼 화가 나 있었다.

"니콜라, 당장 그만두지 못해? 경고하는데 너 계속 이러면 뜨거운 맛을 볼 줄 알아!"

나는 울음을 터뜨렸다. 그러자 엄마가 거실로 나왔다.

"또 무슨 일이야? 하여간 둘만 내버려 두면 금세 소리지르고 울고불고 난리가 난다니까!"

"당신 아들이 누나가 있었으면 좋겠다잖아! 지금 당장!"

아빠가 말했다.

엄마 눈이 휘둥그레졌다. 그러고는 곧 웃음을 터뜨렸다.

"당신, 무슨 말 하는 거야?"

엄마가 물었다.

"당신 아들(당신 아들이란 나를 말한다.)이 처남이 되고 싶다고 난리를 치기 시작했어. 같은 학교에 다니는 친구 녀석들 중 하나가 곧 처남이 된다나 봐. 그래서 자가용을 타고 동물원에 가서 원숭이를 구경하게 됐다나. 뭐, 내가 듣기에는 그런 이야기인 것 같아."

아빠가 말했다.

엄마가 얼마나 웃었는지 아빠도 결국 미소를 지었다. 나도 같이 웃었다.

엄마가 웃으면 나도 웃는다. 그러고 나서 엄마는 내 얼굴을 마주 보며 이렇게 말했다.

"우리 아들, 그런 생각을 했구나! 하지만 처남이라는 게 항상 좋은 것만은 아니야. 엄마한테는 시동생이 있거든? 네 삼촌 말이야. 어쨌든 처남이 든 시동생이든……."

"당신 시동생이 어때서?"

아빠가 물었다.

"아! 당신도 외젠 도련님이 가끔 좀…… 촌스럽게 군다는 거 알잖아, 뭐. 지난 번에 도련님이 우리 집에 왔을 때를 생각해 봐. 어쩌면 그렇게 눌러 앉아서는…… 게다가 그 말장난이라니! 아, 정말이지 나는……."

"아니, 내가 내 동생을 집에 부른 게 큰 잘못이라도 돼?"

아빠는 더 이상 웃고 있지 않았다.

"물론 외젠의 유머 감각이 당신 취향에 맞을 만큼 고상하지는 않겠지. 그래도 나는 녀석이 하는 말이 웃기고 재미있다고!"

"당신을 웃기는 거야 일도 아니지."

엄마도 일어나서 말했다. 엄마 얼굴이 빨개져 있었다.

"어쨌든 처남이든 시동생이든 간에 장모보다 더 까다롭지는 않지!"

아빠가 말했다.

"지금 무슨 말을 하고 싶은 건데?"

엄마가 물었다.

"마음대로 생각해."

아빠가 대꾸했다.

"그래, 계속 이렇게 나오면 이 집안의 누군가는 당신 장모네 집으로 돌아가게 될 거야."

엄마가 말했다.

그러자 아빠는 두 팔을 천장으로 치켜들고 안락의자와 스탠드가 놓인 작은 탁자 사이를 자꾸 왔다갔다했다. 아빠는 그러다가 엄마 앞에 갑자기 딱 멈춰 서서 물었다.

"당신, 우리가 지금 좀 우스꽝스럽다고 생각하지 않아?"

엄마가 그 말을 듣고 웃었다.

"솔직히 말해서, 좀 그래!"

그러자 모두 웃음을 터뜨리고 모두 서로에게 뽀뽀를 했다. 나는 기분이 좋았다. 아빠랑 엄마가 화해하는 게 너무 좋고, 이럴 때면 꼭 엄마가 저녁에 맛있는 걸 만들어 주기 때문이다.

조금 있으니까 누가 우리 집 초인종을 눌렀다. 아빠가 문을 열어 주러 갔다. 블레뒤르 아저씨였다.

"자네한테 할 말이 있어서. 내일이 일요일이잖아. 그래서 아침에 숲으로 조깅하러 가려고 하는데 같이 안 가겠나?"

"아! 안 되겠는데. 미안해. 내일 아침에는 니콜라랑 같이 자가용을 타고 원숭이를 보러 갈 거야. 처남 매부 사이처럼 말이야."

아빠가 말했다.

그 말을 듣더니 블레뒤르 아저씨는 이 집 사람들은 모두 좀 이상하다고 말하면서 돌아갔다.

오늘 오후 쉬는 시간에 외드가 욕을 했다. 학교에서 애들은 가끔 욕을 한다. 그런데 외드가 오늘 한 욕은 무슨 뜻인지 알 수가 없었다.

"우리 형이 오늘 아침에 이 말을 하더라. 우리 형은 장교야. 휴가 받아서 집에 왔어. 형이 면도를 하다가 조금 베었는데 이 욕을 했어."

"네 형은 장교가 아니야. 그냥 군대에 간 것뿐이지. 그러니까 웃기지 마."

조프루아가 말했다.

"우리 형 장교 맞아."

외드가 말했다.

"딴 데 가서 얘기하시지!"

조프루아가 대꾸했다.

그러자 외드가 조프루아에게 욕을 했다.

"너 한 번만 더 말해 봐."

조프루아가 말했다.

외드는 또 욕을 했다. 조프루아도 외드에게 욕을 했다. 둘은 서로 치고받으며 싸웠다. 조금 있으니까 종이 울렸다.

"이제 막 재미있어지려는데……."

뤼퀴스도 이렇게 투덜거리면서 욕을 했다.

내가 집에 돌아왔을 때 엄마는 부엌에 있었다. 나는 부엌으로 뛰어가면서 소리쳤다.

"엄마, 다녀왔습니다!"

"니콜라, 그렇게 야만인 같은 꼴로 여기 들어오지 말라고 몇 번이나 말해야 알겠니? 우선 간식부터 먹고 숙제해라. 엄마 일해야 하니까."

내가 잼 바른 빵과 우유를 먹는 동안 엄마는 양고기 요리를 준비하고 있었다. 나는 양고기를 참 좋아한다. 양고기는 엄청 맛있다. 특히 초대한 손님이 없는 날은 제일 맛있는 넓적다리를 많이 먹을 수 있어서 더 좋다.

"양고기네, 신난다!"

내가 외쳤다.

"그래, 아빠가 오늘 저녁에 마늘을 많이 넣어서 요리한 양고기가 먹고 싶다고 했단다. 아빠가 좋아하시겠지?"

엄마가 말했다.

아빠도 나만큼이나 양고기를 좋아한다. 우리 가족은 늘 제일 맛있는 부분을 똑같이 나눠 먹는다.

"자, 니콜라. 간식 다 먹었으면 올라가서 어서 숙제해라."

엄마가 말했다.

"거실에서 놀면 안 돼요? 저녁 먹고 숙제할게요."

내가 엄마에게 말했다.

"니콜라! 당장 올라가서 숙제부터 해, 알았어?"

엄마가 고함을 쳤다.

그래서 나는 욕을 했다!

엄마의 눈이 휘둥그레졌다. 엄마가 나를 쳐다봤다. 나도 무척 당황했다. 쉬는 시간에 배운 욕은 집에서 하면 절대로 안 된다. 쉬는 시간에는 욕을 해도 재미있지만 집에서 그런 욕을 하면 큰 난리가 나기 때문이다.

"너 뭐라고 했어? 다시 한 번 해 봐."

엄마가 말했다. 그래서 내가 다시 욕을 했다.

"니콜라! 너 어디서 그런 말을 배웠어?"

엄마가 소리를 질렀다.

"그게요, 학교에서 쉬는 시간에요. 외드네 형은 군인인데, 외드는 자기네 형이 장교래요. 그런데 조프루아가 그건 뻥이라고 그랬어요. 외드네 형이 휴가를 받았는데요, 면도하다가 다쳤어요. 그래서 그 형이 욕을 했는데요, 외드가 그걸 학교에 와서 우리한테 가르쳐 줬어요. 쉬는 시간에요."

내가 엄마에게 설명했다.

"잘한다, 잘해! 학교에서 너 참 좋은 것 배운다. 네 친구들도 가정교육 한 번 잘 받았고 말이야! 이제 올라가서 숙제해. 아빠 들어오시면 보자."

엄마가 고함을 쳤다.

나는 숙제를 하러 방으로 올라갔다. 장난을 칠 상황이 아니었다. 나는 무지 당황스러웠다. 울고 싶은 마음이었다. 그 나쁜 말 때문에, 자기 형이 면도하다가 내뱉은 바보 같은 말을 우리에게 그대로 가르쳐 준 멍청이 외드 녀석 때문에 말이다. 정말이지, 이게 뭐람.

내가 숙제를 하고 있는데 아빠가 집으로 들어오는 소리가 들렸다.

"여보, 나 왔어!"

아빠가 외쳤다.

"니콜라!"

엄마가 나를 불렀다.

나는 거실로 내려갔다. 별로 내려가고 싶지 않았다. 아빠가 나를 보고는 웃으면서 말했다.

"이런, 우리 아들이 왜 이런 얼굴을 하고 있지! 학교에서 또 말썽 부렸구나, 맞지?"

"말썽보다 더 나쁜 일이야. 아주 심각한 문제지. 당신 아들이 학교에서 욕을 배우고 있어."

엄마가 나를 화난 눈으로 노려보면서 말했다.

"욕? 무슨 욕 말이니, 니콜라?"

아빠가 깜짝 놀라서 물었다. 나는 아까 했던 욕을 했다.

"뭐? 너 지금 뭐라고 했어?"

아빠가 소리를 질렀다.

"당신도 들었지? 어떻게 생각해?"

엄마가 말했다.

"대단하군! 너 어디서 그런 욕을 배웠니?"

아빠가 물었다.

나는 아빠에게 바보 멍청이 외드랑 그 녀석 형 이야기를 했다.

아빠는 윗옷 주머니에 손을 찔러 넣고는 크게 한숨을 쉬었다.

"나는 똥줄이 빠지도록 일을 하는데, 기껏 학교에 가서 그런 말이나 배우고 있다니! 아, 한심하군! 정말 한심해! 교장 선생님한테 편지를 쓸까 봐. 정말이지, 그래야겠어! 학교에서 이 말썽꾸러기들 감시하는 데 너무 소홀한 것 아니냐고! 내가 학교 다닐 때는 그런 말은 감히 생각도 못 했는데. 아! 그랬다가는 당장 교문 앞에서 벌을 섰을걸? 그래도 그 때는 기강이라는 게 있었는데 지금은 아주 엉망이야! 이럴 수가! 새로운 교수법이니 현대식 교육이니 떠들어 대기나 하고. 어린 애들에게 너무 오냐오냐 하는 거야! 그러니까 애들이 시커먼 옷을 입고 다니는 불량배나 되고 깡패나 되고 차를 훔치고 하는 거지! 잘하는군, 참 잘해! 아주 잘해! 애들이 깡패가 되라고 우리가 아주 길을 닦아 주는 셈이야!"

나는 엄청 겁이 났다. 아빠가 교장 선생님에게 편지를 보내면 아주 큰일이 날 테니까 말이다. 우리 학교도 아빠가 어릴 때 다녔던 학교나 마찬가지다. 교장 선생님은 욕하는 걸 싫어해서 저번에는 어떤 선배 형이 교실에서 다른 형에게 욕을 했다가 정학을 당한 일도 있었다.

"아빠가 교장 선생님한테 편지 쓰는 거 싫어요. 아빠가 그러면 나 다시는 학교에 안 갈 거예요!"

내가 울면서 말했다.

"너는 혼이 좀 나야 해!"

아빠가 말했다.

"여보, 그게 문제가 아니야. 중요한 건 니콜라에게 다시는, 다시는 그런 말을 쓰면 안 된다는 걸 스스로 깨닫게 하는 거야."

엄마가 말했다.

"당신 말이 맞아. 니콜라, 너 이리 좀 와 봐라."

아빠가 말했다.

아빠는 안락의자에 앉아서 내 두 팔을 잡았다. 그러고는 아빠 무릎 사이에 나를 똑바로 세우고 말했다.

"너 창피하지, 그렇지, 니콜라?"

"네."

내가 대답했다.

"네가 부끄러워하는 건 당연한 거야. 니콜라, 너도 알겠지만 네가 지금 뭘 배우느냐에 따라서 네 인생, 네 미래가 결정된단다. 공부도 열심히 안 하고 욕이나 하고 다니면 결국 낙오자가 될 수밖에 없어. 사람들이 손가락질하는 부랑자가 된단 말이야. 너나 네 친구들은 무슨 뜻인지도 모르니까 욕을 함부로 하고 다니는 거야. 그러니까 욕이 별것 아닌 것처럼, 오히려 재미있는 것처럼 생각하기 쉽지. 하지만 그건 잘못된 생각이란다. 아주 잘못된 생각이야. 세상 사람들은 '저 사람은 말투가 상스럽구나.' 라고 생각할 거다. 세상에 꼭 필요한 사람이 되느냐, 깡패가 되느냐는 너 스스로 선택해야 해. 그럼, 너 스스로! 아무도 거들떠보지 않는 형편없는 사람이 되고 싶어, 아니면 누구나 좋아하고 초대하고 싶은 사람, 친해지고 싶은 사람이 되고 싶어? 상스러운 사람은 절대 성공할 수 없어. 사람들은 그런 사람을 깔보고 밀어 내고 질색하니까. 자, 욕 한 마디가 얼마나 큰 영향을 미치는지 알겠지? 니콜라, 알아들었니?"

"네, 아빠."

"니콜라가 제대로 알아들었을까? 내 생각에는……."

엄마가 말했다.

"두고 보면 알겠지. 니콜라, 아빠가 너한테 뭐라고 했지?"

아빠가 나에게 물었다.

"그러니까요, 욕을 하면 안 된다고요. 안 그러면 사람들한테 초대도 못 받아요."

내가 말했다.

엄마와 아빠는 서로 마주 보고 웃음을 터뜨렸다.

"그래, 대강 그런 내용이란다, 우리 아들."

아빠가 말했다.

"엄마는 우리 니콜라가 대견하구나."

엄마는 나에게 뽀뽀를 해 주었다.

그런데 아빠가 웃음을 멈추고 킁킁대며 냄새를 맡았다. 아빠는 부엌을 쳐다보고 소리를 질렀다.

"뭐 타는 냄새가 나잖아! 당신, 양고기!"

그러자 엄마는…… 욕을 했다!

검열

크리스마스 기다리기

원래 우리 아빠는 산타클로스 할아버지가 아주 가난하다고, 그래서 내가 갖고 싶어 하는 걸 모두 다 가져다 줄 수는 없다고 말한다. 하지만 올해는 산타 할아버지 사정이 나아졌나 보다. 아빠가 내가 원하는 건 뭐든지 갖게 될 거라고 했으니까 말이다.

오늘은 크리스마스 연휴를 앞두고 마지막으로 학교에 가는 날이었다. 조프루아는 아빠가 엄청 부자라서 해마다 별의별 선물을 다 받는다. 하지만 조프루아는 좋은 친구라서 우리는 샘내지 않는다. 그래도 그렇지, 그 바보 녀석은 날마다 선물을 받는데, 우리는 생일이나 크리스마스, 아니면 반에서 일등을 했을 때만 선물을 받는다는 건 좀 불공평하다. 그리고 반에서 일등을 하는 건 하고 싶다고 할 수 있는 일도 아니다. 선생님의 귀염둥이 아냥이 늘 우리 반 일등을 독차지하기 때문이다.

종이 울려서 우리 모두 교실에 들어가야 했기 때문에, 조프루아는 새로 받은 비행사 고글을 자랑할 시간이 없었다. 교실에 갔더니 선생님은 화가 나 있었다. 조프루아하고 외드가 계속 떠들었기 때문이다.

"조프루아! 외드! 너희, 벌로 학교에서 크리스마스를 보내고 싶어?"

선생님이 고함을 쳤다.

"선생님, 저는 그럴 수 없어요. 내일 여행을 가거든요."

조프루아가 말했다.

"글쎄, 네가 벌을 받게 되면 나랑 마찬가지로 아무 데도 못 가게 될걸? 농담 아냐, 진짜야!"

외드가 말했다.

"아, 그래? 우리 아빠가 벌써 호텔이랑 기차랑 다 예약했는데, 어쩔래?"

조프루아가 말했다.

선생님이 또 고함을 쳤다.

"조용! 너희 정말 못 말리겠구나! 니콜라, 선생님이 말하는데 지금 꼭 너도 말을 해야겠니? 너희 정말 오늘 왜 이러는지 모르겠다. 도대체 어떻게 할 수가 없는 애들이야! 누구든 한 마디만 더 하면 전부 다 교실에 남을 줄 알아! 여행이고 뭐고 없어!"

“거 봐라!”

외드가 한 마디 했다.

선생님은 외드와 조프루아에게 칠판 양쪽에 한 명씩 서서 벌을 서라고 했다. 교실 맨 뒤에는 벌써 클로테르와 뤼퓌스가 벌을 서고 있었다. 클로테르는 선생님한테 질문을 받았는데 대답을 못 했기 때문이고(클로테르는 질문만 받았다 하면 벌을 서게 된다.) 뤼퓌스는 맥상에게 '쉬는 시간에 할 말이 있어.' 라고 쓴 쪽지를 보냈다가 선생님한테 들켰기 때문이다. 우리 선생님은 수업 시간에 쪽지 보내는 걸 싫어한다. 선생님은 서로 꼭 해야 할 말이 있으면 쉬는 시간까지 기다리라고 했다.

조금 있으니까 쉬는 시간 종이 울렸다. 선생님은 우리 모두, 벌 서던 아이들까지도 다 나가라고 했다. 선생님은 정말 좋은 분이다. 그리고 내 생각인데, 선생님도 가끔은 교실에 혼자 있고 싶을 때가 있는 것 같다.

운동장에 나오자 맥상이 뤼퓌스에게, 아까 무슨 말을 하려고 쪽지를 보냈냐고 물었다. 하지만 뤼퓌스는 선생님에게 쪽지나 들키는 바보 멍청이에게는 아무 말도 하지 않겠다고, 그게 자기가 하고 싶은 말의 전부라고, 더 이상은 맥상에게 아무 말도 안 하겠다고 했다.

맥상이 그래도 하려던 말을 해 보라고 뤼퓌스를 붙잡고 늘어지는 동안, 우리는 조프루아 주위로 몰려들었다. 조프루아는 고글을 쓰고 있었는데, 스키장에 가기 위해 산 거라고 말했다.

"너 스키 탈 줄 알아?"

내가 조프루아에게 물었다.

"아직은 몰라. 하지만 여행을 가서 배우려고. 그 다음에는 스키 챔피언을 뽑는 대회에 참가해야지. 텔레비전에 나오는 스키 선수들처럼 말이야. 나는 아주 빨리 스키를 탈 거니까 이런 고글이 필요할 거야."

조프루아가 말했다.

"그런 말은 딴 데 가서나 하시지."

외드가 빈정댔다.

그 말에 조프루아는 기분이 나빠졌다.

"너 샘나서 그러는 거지?"

조프루아가 소리를 질렀다.

"웃기지 마. 내가 갖고 싶으면 크리스마스 때 네 고글을 내놓으라고 할 거야. 그런 건 얼마든지 가질 수 있어."

외드도 지지 않았다.

"너야말로 딴 데 가서 알아보시지! 스키도 못 타면서 고글을 뭐에다 써?"

"얼씨구! 내가 스키를 타고 싶으면 탈 거고, 내가 스키를 타면 너보다 훨씬 좋은 고글이 필요할걸? 내가 너보다 더 빨리 달릴 테니까!"

외드와 조프루아는 엉겨붙어 싸웠다. 부이옹 선생님이 달려왔다. 부이옹 선생님한테 왜 그런 별명이 붙었는지 내가 얘기했는지 모르겠다. 부이옹 선생님은 우리한테 "내 눈을 잘 들여다봐."라고 자주 말하는데, 그럴 때 선생님 눈동자가 꼭 부이옹 수프에 동동 떠 있는 기름덩어리 같아서 그렇게 부르는 거다. 이 별명은 선배 형들이 붙였다.

"이 말썽쟁이 꼬마들! 크리스마스를 앞두고 꼭 이래야겠냐? 오늘까지도 이렇게 야만인처럼 굴어야겠어? 도대체 왜 싸우는 거냐? 내 눈을 잘 들여다보고 대답해!"

부이옹 선생님이 말했다.

"얘가 그 잘난 스키를 타고 나보다 더 빨리 달릴 수 있다잖아요!"

조프루아가 고함을 쳤다.

"그래, 어디 한 마디만 더 해 봐라. 너희 둘 다 다음 문장을 100번 써 와. '나는 쉬는 시간에 바보 같은 소리를 하며 떠들면 안 되고, 쓸데없는 핑계를 내세워서 운동장에서 싸우거나 야만인처럼 굴어서도 안 됩니다.' 한 글자도 틀리면 안 돼. 연휴 끝나고 가져와라. 지금은 일단 벌을 서고!"

부이옹 선생님이 말했다.

"하지만 저는 여행을 간단 말이에요!"

조프루아가 외쳤다.

"그런 말은 딴 데 가서 해."

알세스트가 한 마디 했다.

그러자 부이옹 선생님은 알세스트도 벌을 세웠다.

클로테르가 입을 열었다.

"나는 산타클로스 할아버지한테 편지를 써서 자전거 변속 장치를 달라고 할 거야."

"누구한테 뭘 쓴다고?"

조아생이 물었다.

"산타 할아버지한테 쓰지, 누구한테 쓰냐?"

클로테르가 물었다.

"야, 웃기지 마. 나도 어릴 때는 그런 말 믿었어. 하지만 지금은 다 알아. 산타클로스 할아버지가 사실은 우리 아빠라는 걸 말이야."

조아생이 말했다.

클로테르는 조아생을 쳐다보더니 갑자기 손으로 자기 머리를 탁 쳤다.

"내가 봤다니까! 작년에 내가 잠든 척하고 산타클로스 할아버지가 언제 오나 기다리고 있었거든. 그런데 방문이 열리더니 우리 아빠가 크리스마스 트리 밑에 선물을 놓고 가는 거야. 크리스마스 트리가 넘어질 뻔해서 아빠가 욕하는 소리까지 들었다고!"

조아생이 외쳤다.

"얘들아, 조아생이 자기 아빠가 산타클로스 할아버지란다! 야, 웃기지 마! 너는 아빠를 봤을 수도 있겠지. 하지만 난 가게에서 산타클로스 할아버지를 만났다고! 그 할아버지는 하얀 수염을 달고 빨간 옷을 입고 있었는데, 나를 무릎에 앉혀 주기까지 했어. 산타 할아버지가 나보고 학교에서 공부 잘하냐고 물어봐서 내가 얼마나 당황했는데! 그 할아버지는 분명히 너네 아빠가 아니었어!"

클로테르가 말했다.

"당연히 우리 아빠가 아니지! 우리 아빠는 너처럼 별 볼일 없는 애는 무릎에 앉히지 않으니까!"

조아생이 소리쳤다.

"나도 너네 아빠 무릎에는 앉기 싫어! 돈을 줘도 싫어! 만약 너네 아빠가 우리 집에 들어와서 크리스마스 트리에다 허튼 짓 하면 우리 아빠가 당장 너네 아빠를 쫓아 낼걸! 정말이야! 네 아빠는 제대로 서 있지도 못하는 너희 집 크리스마스 트리 밑에나 뭘 갖다 놓든지 말든지 하라고 해!"

클로테르도 소리를 질렀다.

"우리 집 크리스마스 트리가 뭐 어떻다고?"

조아생이 발끈했다.

부이옹 선생님이 또 달려왔다. 조아생이랑 클로테르가 치고받고 싸우기 시작했기 때문이다.

"우리 아빠가 너네 집 트리에다 장난을 치고 싶으면 치는 거야! 너네 아빠가 말릴 수 있을 것 같아? 아마 우리 아빠 무릎에 앉고 싶어 막 뛰어올걸!"

조아생이 외쳤다.

“너네 아빠 무릎은 필요 없다니까!”

클로테르가 외쳤다.

부이옹 선생님은 얼굴이 시뻘게져서 운동장 구석을 가리켰다. 선생님은 이를 악물고 말했다.

“가서 벌 서. 저기 다른 애들처럼. 그리고 반성문도 똑같이 써 와.”

쉬는 시간이 끝나기 전에 부이옹 선생님은 다시 한번 우리에게 달려와야 했다. 뤼퓌스는 땅바닥에 드러누워 있고, 맥상은 뤼퓌스 위에 올라타고 앉아서 "그래, 너 아까 무슨 말 하려고 했어? 말 안 할 거야?"라며 물고 늘어졌기 때문이다. 뤼퓌스는 계속 고개를 절레절레 흔들면서 말하지 않으려고 입술을 앙다물었다.

마지막 수업이 끝나자 우리는 모두 운동장에 나와서 줄을 섰다. 교장 선생님은 우리에게 크리스마스 인사를 하려고 나왔다. 교장 선생님은 우리들이 잔뜩 들떠 있을 거라고, 어쨌든 연휴가 시작되는 날이니까 우리가 받은 벌은 모두 없던 걸로 해 주겠다고 했다. 교장 선생님 말씀이 옳다. 내가 봐도 담임 선생님이랑 부이옹 선생님은 연휴 전에 늘 너무 흥분해서 애들에게 벌을 많이 주는 것 같다.

우리는 모두 다 엄청 좋은 친구들이라서, 학교가 끝나고 잠깐 남아서 서로 크리스마스 인사를 주고받았다. 클로테르는 조아생과 화해를 하면서 조아생 아빠의 무릎이 어쩌고저쩌고 한 건 농담이었다고 했다. 조아생도 클로테르가 자전거 변속 장치를 선물로 받을 수 있도록 자기네 아빠에게 잘 말해 보겠다고 했다. 뤼퓌스는 맥상에게 자기가 원래 하려던 말은, 어떤 가게에서 진짜로 통화할 수 있는 장난감 전화기를 봤다는 거라고 했다. 그래서 맥상네 집이 자기 집과 가까우니까 각자 크리스마스 선물로 그 전화기를 달라고 해서 둘이 항상 전화 통화를 하면 어떻겠느냐고 말하려고 했단다. 맥상은 정말 좋은 생각이라고, 그리고 그 전화기를 학교에 가져와서 둘이서 하고 싶은 말은 모두 그 전화로 하면 선생님이 쪽지 때문에 화를 내는 일도 없을 거라고 했다. 그렇게 둘은 엄청 기분이 좋아져서 아빠에게 전화기를 사 달라고 조르려고 집으로 갔다. 아냥은 작년에 크리스마스 선물로 아주 멋진 백과사전 세 권을 받았다고 말해서 우리를 웃겼다. 올해에는 그 백과사전의 다음 권을 선물로 달라고 할 거랬다. 아냥은 정말 이상한 녀석이다! 외드는 스키를 사 달라고 할 거랬다.

친구들과 인사를 하고 나서 나는 알세스트와 함께 학교를 나섰다.

"우리 집은 메메랑 도로테 이모랑 외젠 삼촌이랑 함께 크리스마스 이브 파티를 할 거야."

내가 말했다.

"우리 집은 하얀 순대랑 칠면조 고기를 먹으며 파티를 할 거야."

알세스트가 내게 말했다.

우리는 집으로 돌아오면서 동네 가게들을 구경했다. 가게들은 크리스마스 화환이랑 솔방울, 가짜 눈이랑 반짝반짝 빛나는 유리 구슬, 아기 예수님 구유통이랑 산타클로스 할아버지 인형들로 장식을 해 놓아서 엄청 멋있었다.

콩파니 아저씨네 식료품 가게도 근사하게 장식돼 있었다. 정어리 통조림들 사이사이에 솔방울 장식이 있고, 여기저기 반짝이 가루도 뿌려져 있었다. 알세스트와 나는 빵집 앞에서 한참을 구경했다. 크리스마스를 기념하는 장작 모양의 케이크가 있었기 때문이다. 빵집 아줌마가 나와서 알세스트보고 저리 가라고, 알세스트가 진열장에 코를 붙이고 서서 꼼짝도 안 하는 모습을 보면 신경이 쓰인다고 했다. 평소에는 더러운 자루들만 쌓여 있는 석탄 가게조차도 오늘은 꼬마 전구 세 개가 달린 화환 장식이 걸려 있었다. 하지만 불빛이 제일 멋진 가게는 역시 전등 가게였다. 전구들이 엄청 많이 켜져 있었고 색깔도 가지가지였는데, 불이 엄청 빠르게 켜졌다 꺼졌다 했다. 불빛이 어찌나 강한지 맞은편 집들의 벽을 훤히 밝혔다. 조금 후에 알세스트는 간식 시간에 늦었다면서 집으로 헐레벌떡 뛰어갔다. 알세스트는 먹는 데 늦으면 무지 초조해한다.

집에 도착했더니 엄마가 말했다.

"너 또 학교 끝나고 뭐 하느라 이렇게 늦었니? 너 데리고 시내에 나가서 백화점이랑 여기저기 구경하려고 했는데 그럴 마음이 싹 가시는구나!"

"아이, 엄마! 제발요!"

내가 외쳤다.

그러자 엄마는 웃으면서 좋다고, 알았다고, 크리스마스 연휴가 시작되는 날이니까 봐 준다고, 어서 간식을 먹고 나가자고 했다.

나는 간식을 재빨리 먹어치웠다. 핫초코를 조금 흘려서 셔츠와 스웨터를 갈아입었다. 그러고 나서 우리는 버스를 탔다. 아이들과 아줌마들로 버스가 꽉 차서 엄청 복잡했다. 그래도 나는 기분이 참 좋았다.

시내에도 버스 안처럼 사람들이 무진장 많았다. 백화점이나 상점은 사방에 전구를 엄청나게 많이 매달아 놓았다. 전구의 불빛이 길에 늘어선 자동차들을 비추었다. 자동차들이 굉장히 많았다. 자동차에 탄 사람들은 마구 소리를 지르고 경적을 빵빵 울리면서 난리를 쳤다. 정말이지, 아주 멋있었다. 우리 동네 전등 가게보다 훨씬 더 근사했다. 하지만 전등 가게처럼 가까이 가서 구경하기는 힘들었다.

"내가 여길 나올 생각을 하다니, 정신을 못 차리겠네!"

엄마가 말했다.

"네, 맞아요."

내가 대꾸했다.

그 때 한 아줌마가 우리 엄마에게 말했다.

"아휴, 정말, 밀지 좀 마세요."

"제가 민 거 아니에요. 저도 밀린 거예요."

엄마가 말했다.

우리는 장난감 가게 앞에 다다랐다. 움직이는 인형들이 있었는데 정말 신기했다. 그리고 트럭 같은 데 타고 있는 코끼리도 하나 있었고, 그 주변으로 전기 기차가 돌아다니고 있었다. 터널, 건널목, 역, 작은 젓소들, 다리까지 모두 갖춰진 전기 기차였다. 엄마가 나보고 계속 앞으로 가라고 했다.

"싫어요! 나 이거 좀더 볼래요!"

내가 말했다.

그랬더니 아까 그 아줌마가 또 엄마에게 말했다.

"좀 갑시다. 지금 길을 가로막고 있는 거 몰라요? 여기 혼자만 있는 게 아니잖아요!"

그러자 엄마가 말했다.

"아, 정 급하면 다른 사람들처럼 돌아서 가면 될 거 아니에요!"

전기 기차는 엄청 멋졌다. 특히 아주 옛날 기관차처럼 굴뚝도 달려 있고 거기서 진짜로 연기가 나오는 게 마음에 들었다!

"앞으로 갈 거예요, 안 갈 거예요?"

아줌마가 물었다.

"아주머니는 애가 없으신가 보군요. 애가 있으면 저를 이해하실 텐데요."

우리 엄마가 말했다.

"뭐라고요? 애가 없다고요?"

아줌마는 이렇게 말하더니 마구 소리를 질러 댔다.

"로제? 로제? 로제? 어디 있니! 빨리 이리로 와 봐라! 로제! 로제!"

그러고 나서 나는 다른 가게도 보았다. 진짜로 돌아가는 장난감 회전목마가 있었다. 진짜 목마랑 장난감 병정들이 잔뜩 있었다. 갑옷 세트랑 장난감 자동차랑 공도 엄청 많았다. 나는 엄마에게 가게에 들어가서 장난감을 만져 봐도 되냐고 물었다.

"저 북새통에? 니콜라, 꿈도 꾸지 마! 저 안에 들어갈 생각을 하다니, 미쳤니? 다음에 아빠랑 다시 오자꾸나."

엄마가 말했다.

하지만 사람들이 어찌나 밀어 대는지 우리는 그 자리를 빠져 나올 수 없었다. 그래서 어쩔 수 없이 가게 안으로 밀려 들어갔다. 엄마는 알았다고, 이왕 이렇게 됐으니 잠깐만 돌아보자고, 그러고는 얼른 나오자고 말했다.

우리는 에스컬레이터를 탔다. 나는 에스컬레이터를 좋아한다. 하지만 장난감 파는 곳에서는 별로 대단한 걸 보지 못했다. 어른들이 여기저기 앞을 막고 서 있었기 때문이다. 그래서 장난감을 구경할 때는 아빠랑 같이 가는 게 좋다. 아빠가 나를 번쩍 들어 올려 주면 장난감을 마음껏 구경할 수 있으니까 말이다. 우리 아빠는 아주 힘이 세다.

산타클로스 할아버지와 이야기를 하려고 아이들이 길게 줄을 서 있었다. 그런데 그 줄에 어른도 한 명 있었다. 그 아저씨는 화난 표정으로 아주 어린 아이의 팔을 붙잡고 있었다. 그 아이는 엉엉 울면서 무섭다고, 또 주사를 맞기는 싫다고 소리를 지르고 있었다.

"그만 가자."

엄마가 말했다.

"엄마, 조금만 더요!"

하지만 엄마는 나에게 눈을 부릅떴고, 나는 고집을 부릴 때가 아니라는 걸 알아차렸다. 특히 크리스마스 전에는 말썽을 부리지 않는 게 좋다. 그런데 사람이 너무 많아서 가게 밖으로 나가기도 쉽지 않았다. 마침내 밖으로 빠져 나왔는데, 엄마의 얼굴이 새빨개져 있었고 장갑도 한 짝 잃어버린 뒤였다.

우리가 집에 돌아왔더니, 아빠가 벌써 와 있었다.

"뭐야, 왜 이렇게 늦게 들어오는 거야! 슬슬 걱정이 되던 참이었다고!"

"제발 부탁이야. 잔소리는 나중에 해 줘."

엄마는 이렇게 말하고 옷을 갈아입으러 들어갔다. 아빠가 나에게 물었다.

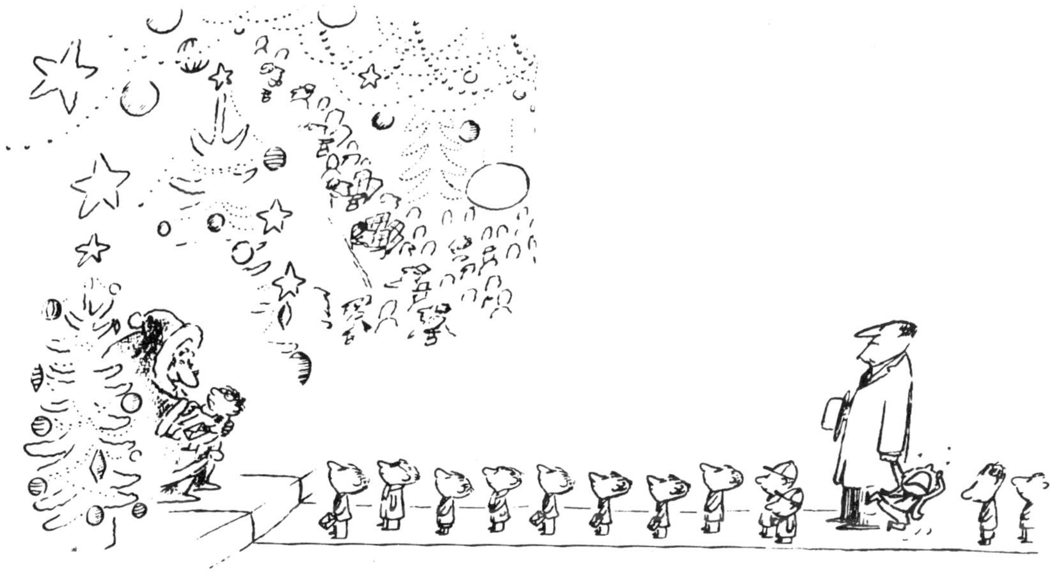

"도대체 어디 갔다 오는 거냐?"

"그게요, 백화점을 구경하러 갔는데요, 끝내줬어요. 인형들이 막 춤을 추고 연기가 나는 옛날 전기 기차도 있었어요. 버스에는 사람이 엄청 많았고 백화점 앞에서는 엄마가 어떤 아줌마랑 말다툼을 했어요. 그 아줌마는 아이를 잃어버렸는데, 아이 이름이 로제랬어요. 전구도 엄청 많고 음악도 흘러나왔고요. 산타클로스 할아버지도 있었는데, 어떤 애는 산타 할아버지가 무섭다고 막 울었어요. 버스들이 전부 다 꽉 차서 집에 오는 버스를 기다리는 데 엄청 오래 걸렸어요. 재미있었겠죠?"

"그래, 알았다."

아빠가 말했다.

우리는 늦게야 저녁을 먹었다. 엄마는 무지 피곤해 보였다.

"아빠, 나 크리스마스 때 뭐 줄 거예요? 친구들은 이것저것 선물을 잔뜩 받는대요."

내가 후식(점심 때 먹은 사과 파이였다. 엄청 맛있었다!)을 먹으면서 아빠에게 물었다.

"그거야 너한테 달려 있지, 우리 아들. 산타클로스 할아버지에게 뭘 달라고 할 건데?"

아빠가 웃으면서 물었다.

"굴뚝에서 연기가 나는 전기 기차하고요, 새 자전거요. 그리고 새 자전거에 필요한 변속 장치랑요, 장난감 병정이랑요, 진짜로 불이 들어오는 파란색 장난감 버스요. 그리고 집 짓기 세트랑 진짜처럼 말할 수 있는 전화기도요. 알세스트하고 교실에서 얘기할 때 쓸 거예요."

"그게 다냐?"

아빠는 웃지도 않고 심각한 얼굴로 물었다.

"그리고 축구공하고 럭비공도요."

"니콜라, 너도 알지? 올해는 산타클로스 할아버지가 그렇게 형편이 넉넉하지 않단다."

아빠가 말했다.

"뭐예요! 항상 똑같은 말만 하고! 정말이지, 불공평해요. 친구들은 뭐든지 원하는 대로 받는데 나만 못 받잖아요!"

내가 말했다.

"니콜라!"

아빠가 소리쳤다.

"아, 그만! 둘 다 또 시작이야? 좀 조용히 살자고, 그게 그렇게 어려워? 그 얘기 그만두면 안 되겠어? 나 머리가 아파서 죽겠다고!"

엄마가 말했다.

"아, 그래, 알았어. 좋아, 더 이야기할 것 없어. 니콜라, 너도 원하는 걸 다 갖게 될 거다. 그리고 말이지, 덤으로 멋진 요트도 하나 주마. 좋지?"

그러자 엄마가 웃으면서 일어나 아빠에게 뽀뽀를 했다.

"여보, 내가 잘못했어. 크리스마스가 얼마 남지도 않았는데……. 아, 너무 예민해졌나 봐. 차분히 기다려야지."

엄마가 말했다.

내가 크리스마스를 좋아하는 이유가 바로 그거다. 설레는 기분 말이다. 특히 크리스마스가 지나고 조프루아를 만날 생각을 하니까 가슴이 막 뛴다. 내가 고글을 쓰고서 요트를 엄청 빨리 모는 모습을 보면 녀석은 어떤 표정을 지을까?

르네 고시니 René Goscinny

르네 고시니는 1926년 8월 14일 파리에서 태어나 아르헨티나 부에노스아이레스에서 학창 시절을 보냈다. 고시니는 "나는 학교 다닐 때 정말 말썽꾸러기였지만 다행히 학교에서 쫓겨나지는 않았다." 고 그때를 회상한다. 뉴욕에서 작가로서의 활동을 시작한 고시니는 50년대 초 프랑스로 돌아와, 최고의 삽화가 장 자크 상페와 함께 전설적인 꼬마들이 나오는 시리즈를 탄생시킨다. 바로 '꼬마 니콜라' 다. 그 둘이 창조해 낸 새로운 우주는 아이들의 언어로 아이들의 일상을 이야기하며 프랑스 전역에서 커다란 성공을 거둔다. 이후 고시니는 알베르 우데르조와 '아스테릭스' 시리즈를 만들어 냈다. '아스테릭스' 는 107개 언어로 번역되었으며 지구상에서 가장 많이 읽힌 작품 중 하나로 손꼽힌다. 이후에도 '럭키 뤼크' '딩고도시' 시리즈 등 수많은 작품을 쓰며 왕성한 창작력을 보여주었다.

고시니는 자신이 창간한 만화 잡지 『필로트』를 통해 만화라는 장르를 '제9의 예술' 로 재탄생시켰다는 평을 받았다.

고시니는 1977년 11월 5일 51세의 나이로 사망했다. 수많은 작가들이 고시니의 작품 앞에 경의를 표했다. 그가 창조해 낸 인물들은 아직도 사람들에게 널리 사랑받으며, 그가 쓴 대사들은 여전히 프랑스어에서 관용어구처럼 쓰이고 있다.

◀ 꼬마 니콜라와 같은 나이의 르네 고시니

장 자크 상페 Jean-Jacques Sempé

"말썽부리기는 내 어릴 적 유일한 소일거리였다."

1932년 8월 17일 보르도에서 태어난 장 자크 상페는 자신의 학창 시절을 이렇게 회상한다. 공부에 흥미가 없었던 그는 교칙 위반으로 학교에서 쫓겨난 후 포도주 판매상 밑에서 허드렛일을 하기도 하고, 사환으로 일하기도 했다. 상페는 어린 시절, 악단 연주자가 되고 싶었다. 좋아하는 연주자들을 종이 위에 그리면서, 그의 꿈은 그림에 대한 열정으로 모습을 바꾼다. 열여덟 살에 무작정 파리로 온 상페는 여러 출판사를 전전하다 『쉬드 우에스트』 지에 처음으로 돈을 받고 그림을 싣게 된다. 르네 고시니와의 만남은 그가 삽화가로서 막 첫걸음을 내딛기 시작한 시기와 맞물려 있다.

"우리가 만난 날 고시니가 저더러 저녁 식사를 함께 하자더군요. 그는 성게를 좋아하냐고 물었고 저는 그게 뭔지 잘 모르겠다고 대답했지요. 그러자 그는 그게 뭔지 알게 해 주겠다며 아주 즐거워했어요. 저는 그에게 음악을 좋아하는지 묻고 음반을 함께 듣자며 그를 우리 집으로 초대했지요. 그는 농담일 거라고 생각했겠지만 저는 계단을 6층 반이나 올라가야 하는 파리의 우리 집으로 그를 진짜 초대했습니다.

니콜라를 탄생시킨 두 사람의 못 말리는 장난기 ▶

우리는 곧 친구가 되었어요. 그는 막 뉴욕에서 돌아온 참이었습니다. 당시 저는 너무나 원기왕성했고, 고시니는 예의 바르고 신중했습니다. 우리는 말을 조금 더듬는다는 공통점이 있었지요. 나는 그에게 내 학창 시절 이야기를 자주 했습니다. 나는 좀 시끄러운 편이었고, 고시니는 나 때문에 많이 웃었어요. 나도 즐거웠고요."

뛰어난 관찰력과 유머로 한 장의 그림에 무한한 감동을 압축해 내는 상페는 수십 년간 프랑스 최고의 일러스트레이터로 자리매김해 오고 있다. 상페는 꼬마 니콜라를 통해 우리의 기억 속에 영원히 남을 사랑스런 악동의 모습을 창조해 냈다. 『단순한 것은 아무것도 없어』『얼굴 빨개지는 아이』『라울 따뷔랭』 등 그의 작품집은 전 세계 수많은 독자들에게 널리 사랑받고 있다.

◀ 작업실의 장 자크 상페

옮긴이 **이세진**

서울에서 태어나 서강대학교 철학과를 졸업하고 동대학원에서 불문학 석사 학위를 받았다.
프랑스 랭스 대학교에서 공부했으며, 현재 전문 번역가로 일하고 있다. 『슈테판 츠바이크의 마지막 나날』
『작가의 집』『앙드레 씨의 마음 미술관』『유혹의 심리학』『욕망의 심리학』『나라서 참 다행이다』
『안고 갈 사람 버리고 갈 사람』 등을 우리말로 옮겼다.

돌아온 꼬마 니콜라
이다음에 어른이 되면

1판 1쇄 | 2006년 2월 1일
1판 6쇄 | 2014년 7월 10일
지은이 | 르네 고시니 · 장 자크 상페
옮긴이 | 이세진
펴낸이 | 강병선
책임편집 | 엄희정
편집 | 윤석기 염현숙 원선화
디자인 | 송윤형 정연화
마케팅 | 정민호 나해진 이동엽 김철민
온라인 마케팅 | 김희숙 김상만 한수진 이천희
제작 | 강신은 김동욱 임현식
제작처 | 영신사
펴낸곳 | (주)문학동네
출판등록 | 1993년 10월 22일 제406-2003-000045호
주소 | 413-120 경기도 파주시 회동길 210
전자우편 | kids@munhak.com
홈페이지 | www.munhak.com 카페 | cafe.naver.com/mhdn
페이스북 | facebook.com/kidsmunhak 트위터 | @kidsmunhak
대표전화 | (031)955-8888 팩스 | (031)955-8855
문의전화 | (031)955-8890(마케팅) (02)3144-3236(편집)

ISBN 89-546-0086-7 04860
ISBN 89-546-0081-6 04860(세트)